U0940627

E V I L   E Y E

邪恶的眼睛

[美]乔伊斯·卡罗尔·欧茨◎著

宋赛南◎译

新 华 出 版 社

图书在版编目（CIP）数据

邪恶的眼睛/（美）乔伊斯·卡罗尔·欧茨著；宋赛南译
北京：新华出版社，2016.10
书名原文：Evil Eye：Four Novellas of Love Gone Wrong
ISBN 978－7－5166－2533－0
Ⅰ.①邪…　Ⅱ.①乔…②宋…　Ⅲ.①中篇小说—美国—现代
Ⅳ.①I712.45
中国版本图书馆 CIP 数据核字（2016）第 109857 号
著作权合同登记号：图字：01－2015－7707 号

邪恶的眼睛

作　　者：（美）乔伊斯·卡罗尔·欧茨　**译　　者**：宋赛南

责任编辑：李　成　**封面设计**：图鸦文化
责任印制：廖成华

出版发行：新华出版社
地　　址：北京石景山区京原路 8 号　**邮　　编**：100040
网　　址：http：//www.xinhuapub.com　http：//press.xinhuanet.com
经　　销：新华书店
购书热线：010－63077122
中国新闻书店购书热线：010－63072012

照　　排：彩丰文化
印　　刷：北京凯达印务有限公司
成品尺寸：145mm×210mm　1/32
印　　张：7.5　**字　　数**：145 千字
版　　次：2016 年 8 月第一版　**印　　次**：2016 年 8 月第一次印刷

书　　号：ISBN 978－7－5166－2533－0
定　　价：32.00 元

目　录

邪恶的眼睛

1

他说，那是他发妻的。

发妻，随口而出的两个字——她，他的第四任妻子，没有理由去曲解它们。

换句话说，没有理由觉得受了伤害，也没有理由去嫉妒、猜疑。这位丈夫甚至还以那种几乎漫不经心的方式给了些许暗示——不必好奇，这种方式和他提及他发妻的方式别无二致，娶她是上辈子的事了，当时我们俩彼此还不认识。

这样一来，她自知再去打听这位妻子便是自讨没趣了。

“这是纳萨尔——护身符，能驱走‘邪恶的眼睛’。在土耳其、希腊，还有伊朗，这东西随处可见——西班牙也有，伊内斯就出生在那儿。”

当她初次走进这个男人的家时，这件用玻璃雕琢的小物件就引起了她的注意。相遇不足一年，她成了这个男人的第四任妻子。但是，在他那座四周长满了散发着馥郁芳香的桉树丛的灰泥石头房子里，到处都是各种奇特的稀罕物。古老的面具和雕塑、充满异域风情的墙上挂件、丝绸屏风、“皮影”——她看着那些玩意儿都害怕，哪敢问东问西，只是瞪大了眼睛静静地欣赏，就像一个人毫无准备地走进了一家博物馆。

她比那个男人小很多：和他说话要谦恭、顺从，这样比较适宜。

何况，她还要跟他学习，因为这个男人在诸多方面都可以给她指导。

纳萨尔的确很像一只眼睛，尽管不像一只人眼：边缘是深蓝色的，而不是白色；表面并非球形，而是被磨平了。它的块头不小，没有眼睑，空洞却又专注，直径大概有八英寸。它被挂在餐厅拱门的一侧，很是醒目；这个餐厅通往后屋的厨房。

倘若你凑得更近点看它，你会发现这只纳萨尔上有很多同心圆：外圈是宽一点的深蓝圈，内一层是窄一点的白圈，再一层是浅蓝圈，中心则是又黑又小的“瞳孔”。清晨时分，阳光透过它，深蓝色的玻璃熠熠闪光，显得格外漂亮。

“那些国家受过教育的人并不全然相信纳萨尔，也不相信会有‘邪恶的眼睛’——但是，他们也不会拿命运开玩笑，去亵渎它。土耳其有一家航空公司，他们飞机的机身上就有纳萨尔，为了好运。”

她想，要说好运嘛，还是多多益善。

她想自己在欧洲的机场可能见过那些土耳其飞机，但当时并不知道纳萨尔代表着什么。她说：

“它美极了。还很神秘——一只眼睛，没有眼睑。”

“嗯，它一直就在这儿。从1985年伊内斯搬走后。当然，我早就不注意它了。除非有人把它移走，我才会。”

她丈夫屋子里还有些更加丑陋的物件，它们呈现出的美让人心神不宁，即便如此，玛丽安娜仍试图让自己相信，她会习惯的。

这次谈话后不久，奥斯丁通知玛丽安娜，伊内斯要来拜访。怎么会有这么巧的事情？

伊内斯？好一会儿，玛丽安娜也没弄明白她丈夫指的是谁。

奥斯丁·莫尔认识的人很多：很多人也都认识他。

他们在一块儿的最初几周、几个月，到现在近乎一年的时间里，他向她讲到了他生命中的许多重要人物，或者说曾经的重要人物，她没法把他们一一分开：苏珊娜、哈利、达伦、菲力克斯、迈克尔、辛西娅、伊妮德、杰瑞德、亨利、弗洛伦斯、伊内斯……同行、已经成人的孩子、亲戚、密友、前密友、前妻。一讲到他们，她丈夫就变得滔滔不绝，他讲得天花乱坠，玛丽安娜却听得一脸绝望，就像是一个迷路的孩子在听一位长者告诉她回家的路，听到的全是她必须记住的密语。

有时候，尽管全神贯注，玛丽安娜仍然会糊里糊涂地弄错。

“对不起，玛丽安娜——我那住在西雅图的婚生子不叫‘亨利’，而叫‘哈利’。”

或者，皱一下眉，“不是‘苏珊’而是‘苏珊娜’——我女儿，上海的，你还没见过她。”

虽然开始时听到伊内斯这个名字吓了一跳，但玛丽安娜的确想起了她。那是自然——她是他的发妻。

“伊内斯很少来美国，她只是想来看看咱们——和咱们待一块儿——就一晚上。她一直习惯这样。她妹妹家的女儿霍特萨会陪她来，那是个好女孩，拉大提琴的，才华横溢，虽说长得不咋样。玛丽安娜，别紧张——伊内斯不是个难处的人。她也许看着有架子，其实并没有。只要你别怕她，她就没那么可怕。”

玛丽安娜试图微笑，可她却感到一阵恐惧。

发妻来访——还要留下来过夜！

玛丽安娜只熟悉自己父母的家，在她父母家，这简直不可思议，无论她的父亲还是母亲都不可能问都不问对方一句就留客人在家里过夜。

而且还是两位客人，还有那个外甥女？

他们住的自然是她丈夫的房子。这个房子，他已经住了三十多年了。

能住在这里，玛丽安娜心里很是感激。她经常一想到这个心里就像有股暖流经过——感激，住在这里。

她自己的生活在此之前已经坍塌了，就像摔坏了的陶器一样破碎不堪。

“我希望你能高兴一点，玛丽安娜。伊内斯不会对你构成威胁——对我也不会，我都这把年纪了。当初我们是和平分手。这些年我给伊内斯钱，早已不是出于责任，只是因为她在生活上大手大脚。每次她来美国，这已经成了我的一个习惯——我俩的——我会问问她经济状况；如果她坦白说自己手头紧，我会给她些钱。不过只有她要我才给。”

奥斯丁语气平淡。你没法分辨出——玛丽安娜可能也分辨不出——他心里究竟是后悔，还是坦然。

玛丽安娜犹豫了一下，问道：“伊内斯没再结婚？”

她丈夫笑了，就好像玛丽安娜刚刚说了句风凉话，或是俏皮话。

“没！当然没有。离开我之后，伊内斯再没结过婚。”

这位刚嫁过来的妻子，他的第四任妻子，比他的发妻小 32 岁，而那位发妻比他还大两岁。

年龄差距就像是大地上的裂缝，只有当你试图跳过它时，才会发现它有多危险。

作为第四任妻子，虽然比她小那么多，玛丽安娜却没有任何胜利感，相反，她内心更多的是抢占了另一位女性位置的负罪感。

让玛丽安娜十分惊诧的是，她的丈夫会轻易提及他的那些前妻们。“当时我们正在亚马逊雨林旅行”——“当时我们在北京，做一部关于中国京剧的纪录片”——“当时，我们正在爱丁堡演出全阵容的《马哈哥尼》”。“我们”既不明确，也让人难以理解，譬如奥斯丁的那几个已经长大成人的子女到底多大了，他们住哪儿，他们都是做什么的。

在此之前玛丽安娜并没有什么压力：她丈夫和前妻们所生的孩子，一个也没来参加他们父亲的婚礼。那场婚礼规模不大，也很私密——就是一场简单的民间仪式。

那时的她是幸福的，内心满是惊喜。她依稀记得那场现实的仪式是在一个小地方法院举行的。

玛丽安娜知道奥斯丁有个孩子早夭了。一个男婴，不到一岁。

那是伊内斯的孩子。很久之前的事了，当时是一九八三年。两年之后，玛丽安娜才出生。

多么奇特，多么不同寻常！一个男人和一个女人可以像分享他们作为夫妻而共有的诸多亲密经历那样分担这样一场灾难，却又不像连体婴儿那样被生活束缚在一起。分开这个词听起来太刺耳，也太残忍了。

玛丽安娜的父母结婚有三十多年了。他们是“老”爸“老”妈——她母亲四十二岁时才生的她。

她很想知道，她的父母会怎样看待她和奥斯丁·莫尔的婚姻。她希望这场婚姻能让他们安心，因为他们过世之后，又有人保护她了。

她尽量不去责备他们，哪怕是用那种最本能的、孩子般的方式。毕竟，他们无可指责。

因此，当丈夫若无其事地提起过去，就好像那些事已经完完全全、彻彻底底地过去了时，她觉得自己喘不过气来。

第一次见面时，奥斯丁讲述了他的那几段婚姻和那几任妻子——“每个人都与众不同，每个人都令人称道。只是没能长久下去。”他一口咬定，每次离婚都是“友好的”，不过玛丽安娜很想知道事实是否真如他所言。

玻璃墙、天窗、漂亮的通风窗，透过窗子能看到这座城和几英里之外的海湾，它们在夜晚闪闪发光——谁能心甘情愿地离开这座房子？还有贵为奥斯丁·莫尔的妻子的社会身份？尽管玛丽安娜认为这分文不值——不过可以肯定的是，多数女人会把这视为一笔巨大的损失。

玛丽安娜时常不得不抱歉地笑笑，打断奥斯丁，“等等——你说的是哪位妻子？这是什么时候的事？”奥斯丁会说，“故事的关键不是那会儿谁和我在一起。亲爱的，谁，什么时候，都不重要。”

她因浅薄而受到了指责！这让她觉得自己太嫩了。

她因自己的想法而受到了指责，内心开始隐隐作痛——倘若我这般爱你，我在你眼里也无足轻重吗？

他教导她，个体不只是转瞬即逝，而且无关紧要，这让她很是困惑。想来，在奥斯丁·莫尔浓墨重彩的一生中，没有哪个人会重要到哪里去——除了奥斯丁·莫尔。

然而，她却成了这唯一的个体的俘虏，就像一个人陷入了流沙之中。以前的她并没有这样敏感而脆弱，她也不像现在这样过于关注爱人、家庭、我们；而现如今，对她而言真正重要的，除了这个唯一的个体，再无他物。

一个人住在哪儿，同谁住在一起；一个人不会孤苦无依。那才是重要的。

玛丽安娜当然知道：相比文化、政治、美学和道德，这唯一的个体微乎其微、粗俗鄙陋。奥斯丁说得没错：那个我们有什么重要的？比如说，在澳大利亚内陆待过的？再比如，思考过中国京剧的？而当我们包括年轻的孩子们时，例如二十世纪九十年代的那场印度之旅，孩子们具体是谁又有什么重要？

在她父母的生命中，玛丽安娜意义重大。

她禁不住这样想，他们去世得太早，她就这样被抛下了。不过，这样想够荒唐，的确够荒唐。

奥斯丁向她承诺，他会像她的父母那样爱她，只会更多地爱——“作为丈夫。我们的关系更加紧密。”

玛丽安娜嫁的绝不是一位凡夫俗子。这是一位准公众人物。有不止二十五年的时间，奥斯丁一直担任旧金山表演艺术独立研究所主任；在更长的时间里，他的名字——“奥斯丁·莫尔”，一直是个传奇。现在，玛丽安娜就是奥斯丁·莫尔夫人，如果她希望人们这么称呼她。

奥斯丁认为女人“婚后随夫姓”是一件荒唐事。他的每一任妻子婚后都继续保有她们各自婚前的姓，从未变成过莫尔夫人。他说，每一位妻子都拥有她自己的独立于他生活之外的生活；每一位都有自己的工作、事业。

当她的丈夫为他的前妻们的事业自豪时，玛丽安娜有一点点小嫉妒。

事实上，她自己的事业，似乎打结婚开始就已经全乱套了。甚至是在婚前，她的工作就已经连续数月毫无进展了。

“那么，你那几位前妻，你不用付她们生活费？”

“不用了。”

“子女抚养费呢？”

“当然也不必了——我的孩子们都长大了。”

“我是说，他们没长大之前。”

“他们小的时候，经常和我住在一起。同我一起去旅行。有时，他们的母亲还会和我们一起去旅行。离了婚也还可以做朋友，就像伊内斯·赞布兰可和我，虽说我们很少见面。”

伊内斯·赞布兰可和我。这几个词让玛丽安娜打了个冷战。

奥斯丁误解了玛丽安娜痛苦的表情。他拉起她的手，吻了吻，有点嬉闹，又带着点关切。

“别一副悲戚戚的样子，玛丽安娜——求你了！我和伊内斯再没一点点感情上的瓜葛了。我想，说我们是‘朋友’，甚至都有点夸张——因为她除了偶尔来看看我，事实上，我们彼此并无联系。她来美国主要是看别人的——不是我。”

玛丽安娜弄明白了，伊内斯不是奥斯丁那些已经长大了的孩子的母亲。第二个妻子和第三个妻子——她老是弄混她们的名字——才是那七个她已经见过的孩子的母亲。

“我不必再给她们中的任何人任何东西了，再也不会了。所以——亲爱的玛丽安娜，别再想这事了！”

玛丽安娜有些惭愧，是她引发了这个话题。这会令他觉得她是个唯利是图、心胸狭隘的女人吧。事实上，她很少关心她丈夫的财政状况。

她只关心他爱不爱她。她对他的爱，在她的生活中占据了过多的位置，就像她的那把低音提琴，她曾背着它乘着城市公共汽车，来来去去地上下音乐课。她希望这一切终有回报。

奥斯丁说："我们认识时，伊内斯还是个演员，但她没有那种不成功便不罢手的雄心壮志。她年轻时相当漂亮，就像凯瑟琳·德纳芙[①]——事实上，伊内斯认识她。伊内斯大多数时候只是演些西班牙电视剧，一些小角色。她演的最后一部电影是默歉德—艾佛瑞电影公司的。名字我忘了。电影不怎么样，尽管主角是让娜·莫罗——伊内斯的另一个女友。"奥斯丁停下话来，抚摸玛丽安娜的手。他时而会待她如尚未康复的病人，不过这并没有让她觉得不舒服；他关心她，这让她得以慰藉，因为她知道他的关心是真的。

在研究中心，披着公众人物的外衣，奥斯丁必须以温暖、亲和的方式细心周到地对待很多人。如果他没微笑，就有人会心碎。如果他忘了某个名字，或者某张脸——当然又会有人心碎。但是同玛丽安娜在一起，在他们私密的家中，他就能直率而坦诚

① 法国女影星，从1960年代活跃至今。出生于法国巴黎，13岁从影。有法国第一美人之称。

地表露情感。

“至于说伊内斯——她是西班牙女人的特例：情绪化，却又很理智。各种情感，也可以提前酝酿——排练。伊内斯喜欢撩拨他人的情感，就像擦根火柴，扔出去，看它落哪儿。她生性鲁莽固执，她的人生也因此免不了各种过失，不过我想，大体说来，她还是相当幸福的。在她的圈子里，伊内斯·赞布兰可有点小名气。我想，你听说过我俩的儿子吧？”

奥斯丁热情洋溢的语调趋于平静。这个新话题只会让他心情忧郁。

“你俩的儿子？对，你提过的……”

或许是玛丽安娜听别人说起过。提及奥斯丁·莫尔时，人们总会不断地提及这件事以及其他的几件事。他们并不怎么认识他，谈及他时，却语调肃静，就好像在谈及一位受了伤的大人物。

“他名叫拉乌尔，当时四个月大。他母亲把他放在床上，脸朝下——就在这个房子里。我们刚搬进来，当时房子还没重新修葺，也还没有整个的新厢房。那个房间——婴儿房——与我们的卧室相邻，中间隔着一扇门。那个房间再也没有了——你再也看不到了。伊内斯让孩子趴在床上小睡——跟平常一样——他却再没醒来。”

玛丽安娜尴尬地说：“我很抱歉……”

“是伊内斯最先发现的。她一口咬定，自己就出去了那么几分钟。可时间远不止她说的这点——至少有半个小时。我们有一个丹麦籍的互惠生[①]女孩，但那天下午她不在。我也不在——恰巧。伊内斯并不是真地想要孩子，而且她好不容易才怀孕。她刚刚开始接好的电影角色，怀孕、生孩子妨碍了她的事业。我想她当时不得不放弃一部波兰斯基[②]的戏——虽说仅仅是个配角；她怀孕了，她‘信’不过人流手术，我也信不过——在当时，那样的条件下。不过拉乌尔出生后，伊内斯全身心地照料他，还给他的银脚镯上系了能驱‘邪恶的眼睛’的护身符，尽管这非常迷信。伊内斯开始神经质似的害怕数字十三——你知道有个词说的就是这种恐惧症，这个词也不算罕见吧？——十三恐惧症——这好像能够解释一切！过去没有——现在也没有——对这起突发的婴儿死亡事件——‘摇篮死’的任何解释……”奥斯丁话语飞快，而在这之前，玛丽安娜从没有听他这么快地说过话。他红润的脸上汗淋淋的，热量就好像是从他肉乎乎的胸膛里散发出来的。他在房间里不停地踱来踱去，当他好像要准备走出房间进到

---

① 也称为“互裨姑娘”，即以授课、协助家务等工作只换取膳宿、学习英语、不取报酬的外国女子。

② 罗曼·波兰斯基，法国大师级导演，2002年凭借《钢琴家》获得戛纳电影节金棕榈奖和奥斯卡最佳导演奖。罗曼·波兰斯基的黑色电影风格已经被载入世界电影史册。

走廊里时，书房的电话响了；玛丽安娜不确定自己是否应该跟着他进书房。她想，这不过是二十五年前的事。可她又想，我是他的妻子，理应抚慰他。

当她追到书房时，他已经一如往常般一屁股坐进了那把皮转椅里，正对着电话哈哈大笑。玛丽安娜试图抚摸一下他，他却把她推开了，连看都没看她一眼。

“亨利！该死的混蛋！你还待在那儿——是杜布罗夫尼克[①]吧？”

玛丽安娜很快退了出来。奥斯丁跟他的老朋友们一说起话来就没完没了。她要做些准备：伊内斯和这个“拉大提琴的”外甥女两天后到访，她们是玛丽安娜婚后家中的第一批访客。

* * *

“玛丽安娜。我亲爱的，你现在不能把自己封闭起来。”

奥斯丁·莫尔对玛丽安娜坦言相劝，事实的确如此。

她的生活倾塌了，而她在研究中心做研究员的第一年刚过了一半。先是那年十二月父亲的辞世。之后第二年的三月，母亲也撒手而去。

第一场死亡并非完全出乎意料，但它的到来还是比任何人预料的都快：因为前列腺恶性肿瘤，玛丽安娜的父亲动了个手术，

---

① 克罗地亚东南部港口城市，最大的旅游中心和疗养胜地。

不过他院内感染了，自此就再也没有醒来。

玛丽安娜不得不离开研究中心，以便有时间陪伴悲伤的母亲。她把工作带到康涅狄格的家中，稍有空暇（不须直接陪伴母亲时），她就全身心地投入工作以打发时日。她的母亲似乎在一点点地康复——她敦促玛丽安娜返回旧金山。于是，玛丽安娜在三月初回了中心。之后，她母亲的身体每况愈下，起因可能是轻微的中风。一周之后，一场非常严重的中风便夺走了她的生命。

是被悲痛压垮的，玛丽安娜得知。

你母亲死于心碎。

玛丽安娜想知道母亲的死是否是因为处方药用药过量。巴比士酸盐可以助眠，安定剂有助于白天情绪的稳定，有时候她就着丈夫小橱柜里留下的威士忌和波旁[①]服下这些药。

玛丽安娜的父母都不怎么喝酒。那些酒年份久远。然而，很明显，有几瓶已经喝完了。玛丽安娜和谁也不曾说过此事，玛丽安娜母亲的医生或家中的任何人也都没有提及过这个话题。

现在玛丽安娜的内心饱受煎熬。负罪感加深了她的悲痛——这怎么可能！我的父母都……离我而去了。

她在父母的屋子里徘徊，就像在寻找他们。然而，她又不敢朝房间里看，怕看见他们。

---

① 主要产于美国的一种威士忌酒。

曾经，父亲去世后，她碰巧看见过母亲——一脸愁苦、犹豫不决，站在她房间的门口，瞪着她手掌里的什么东西。等到玛丽安娜靠近，她快速地握起拳头，把手塞进了皱巴巴的浴袍的口袋里。

药片，玛丽安娜猜想。她装作什么也没看见。

让她震惊的是，现在，她发现自己竟是如此的——不堪一击。

不过她决心告诉亲戚们，她没事。她不需要他们的帮助，她没事。

仿佛成了行尸走肉，只有他人在场时她才能勉强工作下去；玛丽安娜只好从研究中心请了假，在父母家中住了几周。她突然就有了一堆要做的事情——名目繁多的“遗产税”——她的精力太有限，处理不了。最终，她虽然返回了研究中心，心却好似被掏空了一般。她强迫自己去研究中心，像以往那样满怀热情地坐到她的小阅览室的电脑边，结果她发现自己根本无法工作；她没法集中注意力；她躲着以前的同事们、新来的朋友们，中心的研讨会也不再参加，因为对于她而言，跟人说话都成了一件很耗费气力的事情。她的论文指导老师把她的情况报告给了中心主任，主任立刻就找玛丽安娜谈了话。

她当时想，他会劝我放弃的。他会发现我已经不可救药了。

这将会是多大的解脱！当时的玛丽安娜一心只想去赴母亲的

后尘，就像她的母亲赴了父亲的后尘。所有这一切似乎都提前安排好了，再自然不过。

玛丽安娜当然不可能在五月十五号之前完成她的一年研修计划，她打算把实情告诉这位主任。而且她也不认为自己有必要去申请延期，因为，当时的她认为完成这项研修并无多大的意义。

当时，玛丽安娜的工作对她而言毫无意义，父亲去世之前，一切却是多么地令人兴奋！她来研究中心，为的是来查验与上个世纪四十、五十年代艾达·卢皮诺所演的电影相关的档案资料：卢皮诺，好莱坞的女演员，同时还是早期的女电影导演。研究中心档案室存有电影剧本的草稿、个人记事本、日志、信函、难以计数的照片，还有快照。玛丽安娜已经毫无精力继续她的研究；磨损的橡胶条扎着成捆的已经褪色的文稿、亲笔信和照片，与这些看似珍贵的资料相关的人员好几十年前都业已作古，查验成捆的用橡皮条扎着的已经褪色的文稿、亲笔信和照片，是件令人十分压抑的事情。她发现这位早期的、才华横溢的女导演也是一位女性主义的先驱。她的电影将男性描绘成恶魔般的黑色人物，通常情况下，这样的人物是女性——然而，在玛丽安娜所经历的巨大的痛苦面前，即便有这样的发现，也显得微不足道了。

奥斯丁·莫尔看见玛丽安娜在他办公室的门口犹豫不决，看起来似乎就要晕过去了。他快速地起身走到她面前。“‘玛丽安娜’——是你吗？请进。”

他告诉她，他已经听说了她父母的事。他劝她节哀顺变。

紧接着，他说道，她当然可以延长时间来完成她的项目，至少可以延长到整个夏天结束。这也意味着：她没有必要提交正式的请求。

玛丽安娜惊呆了。她不曾想到自己会受到如此礼遇。

她相貌平平——一点儿也不性感。她从未料到事情会如此发展。

当时，父母去世的悲痛犹在，她的皮肤煞白，面颊瘦削，双眼暗淡无光、满是血丝。

她那一袭平日里总是卷曲光滑的暗栗色头发，已经长过肩头，松沓无力、毫无光泽，好久没洗过了。她的手指甲破损不平，指甲缝中还藏着污垢——她的衣服套在她瘦弱的身子上显得太大了，一点儿都不讨巧。

她瘦了十到十二磅：身高五英尺六英寸的她体重竟不足一百磅。

奥斯丁·莫尔一改往日作为公众人物讲话时那雄辩有力、幽默“诙谐”的嗓音，他慈爱地问起玛丽安娜的父母。她的父亲，她的母亲。

她说着，他则一脸凝重地聆听。最初，玛丽安娜只是有所保留地讲，后来她越讲越动情，就好像母亲去世后她没说过话似的。

她讲得结结巴巴、支支吾吾。她努力让自己不哭。不过，能向奥斯丁·莫尔讲述她之前的遭遇这件事仍让她感到不可思议且难以捉摸。

他问她如何照料自己。

玛丽安娜不知该如何作答。现在的她对自己毫无兴致，她不过是过去那段时间里的一个不起眼的残余之物，没有现实的存在感，也毫无价值。

“现在对你来说是危险的，玛丽安娜。‘那边’的诱惑太大了。”

玛丽安娜知道奥斯丁·莫尔指的是另一个世界。

“亲爱的，你不能把自己封闭起来。我希望你知道这一点。”

泪眼婆娑的玛丽安娜用一张皱巴巴的纸巾按住了双眼。奥斯丁·莫尔语气温和却又不容拒绝。

“我们都经历过一些我们自己认为无法走出来的困境。有时候，我们中的一些人的确没法走出来。因此，我们需要援助。我们需要紧急援助。我愿意为你提供我力所能及的‘紧急’援助——首先，我要取消掉这个下午所有其他的预约。”

“但是——”

“应该的。我愿意。我已经取消了。”

* * *

“就跟我讲讲吧。多讲讲你自己。你的工作。你去年秋天为什么来这个中心。我们有很多申请者，你知道的——十个中我们才会接受一个——所以，玛丽安娜，你非常优秀。给我讲讲吧。”

之前，玛丽安娜并不知道自己有这么多可以说的东西，或者说，有气力说这么多东西。

据说，这个中心的主任，除了针对二十世纪欧美电影这个话题写过大量的文章和书，事实上还对诸多经典电影如数家珍，能够背诵大段的电影对话。所以，在玛丽安娜看来，奥斯丁对艾达·卢皮诺的黑色电影的了解并不比她少，甚至更多。他成功地转移了她的悲伤，和她讨论卢皮诺所导的主要影片中所运用的技巧，还讨论了卢皮诺二十世纪五十年代导演的系列故事片《迷离之境》[1]中的一个让人费解的剧集，称作《面具》。玛丽安娜和奥斯丁一起分析了这出电视剧中寓言式的情节。剧中，新奥尔良狂欢节上，怯弱的人被迫戴上面具，这些面具的丑陋特征暴露了他们的内心自我——午夜时分，当他们褪去面具，脸上会留下这些丑陋面具的痕迹。

“这是个绝妙的道德小寓言，能跟坡[2]的相提并论。面具使

---

① 1950年代美国的一个电视剧集，包含许多独立的奇幻、惊悚、恐怖故事。卢皮诺负责导演了其中的第145集，即《面具》。

② 指十九世纪美国诗人、小说家和文学评论家埃德加·爱伦·坡。坡以神秘故事和恐怖小说闻名于世，是美国短篇故事的最早先驱者之一，又被尊为推理小说的开山鼻祖，进而也被誉为后世科幻小说的始祖。

脸变得畸形——面具暴露灵魂。卢皮诺对此种荒诞性的再现很让人信服。人们很难把它看成是超现实主义的。并且，这和二十世纪五十年代乃至当代的经典电视剧也大相径庭。”

让玛丽安娜吃惊的是，奥斯丁对她的论文研究对象居然有这么多的了解，其他的人即便不对她的研究对象之间的相关性存疑，也会认为它是含混不清的。他对她的关心似乎也十分真诚，并且毫不掩饰。

尽管奥斯丁年约花甲，讲起话来却像一个因电影而兴奋不已的年轻人。这个男人的热情中有一种几乎可以称之为天真的东西。直到最近这几个月，玛丽安娜才意识到，他俩在这一点上非常像。

奥斯丁·莫尔社交广泛；他满头银灰色的头发，浓密、硬直。有时——尽管当天不是这样——他会把长发简单地梳成一个小马尾辫，或者小辫子；尽管他长得不像西班牙人，身上却有一种拉美人喜欢自吹自擂的性格；他会穿洁白的熨烫得十分平整的棉布衬衣，领口的扣子不扣，露出一簇簇银白色的胸毛。一双眼睛警觉有神，目光所及，让人不由得紧张不安。他的左手腕上有一块设计精美的大表，右手腕则戴着个小金链手镯。

玛丽安娜的双手柔软而寒冷。奥斯丁握住它们，以便让它们暖和起来。就像一位体贴入微的父亲，他对着她喁喁细语，责备她：“我不许你这样——你决不能再把自己封闭起来了。你必须好好照顾自己。我来监督，亲爱的。”

玛丽安娜自孩提时便再也没有得到过如此的安慰了。她感到自己那具僵硬的身体正在一点点地融化，从那时起她便爱上了这个男人，对奥斯丁·莫尔的爱在她的身体里膨胀。她很久都不曾有这样的感觉了，自圣诞前夕消息传来：父亲病重、昏迷，很有可能就此一睡不醒。

傍晚时分，奥斯丁载玛丽安娜到他伯克利山的家中，为她准备了晚餐，经典的塔吉锅[①]煨鸡，里面放了干果脯、杏仁，还有蒸粗麦粉。玛丽安娜好几个星期，甚至好几个月都不曾好好吃过一顿饭了，她发现自己这会儿却胃口大开，狼吞虎咽。

在玛丽安娜的家族中，男人们很少做饭。看着这个男人在厨房里为她花时间、费心思，真是令她感动。

他们在屋外露台的一张锻铁桌上用餐，远远望去是熠熠闪光的旧金山、海湾和桥。玛丽安娜从没有喝过这么美味的酒——西班牙酒，奥斯丁说是夏敦埃酒[②]。

酒、美食、透过桉树的枝桠看到的发光的城市——玛丽安娜忍不住闭上了双眸，喜悦之情是如此地强烈。

---

① 摩洛哥最早的居民，非洲沙漠民族柏柏尔人的发明；使用带尖帽型盖子的砂锅，将食材直接放入其中，不用水而直接加热做出的料理。

② 一种原料葡萄原产自法国勃艮第地区的没有甜味的白葡萄酒。

或许。我终究会活下来。

奥斯丁驱车送玛丽安娜回她几英里之外的租住公寓。他陪她走到门口，扶着她的身子。他并没有进屋，只是温柔地握住她的双肩。玛丽安娜扬起脸，扬起麻木的双唇准备迎接他的亲吻——奥斯丁只是轻轻地吻了吻她的前额，就像是在吻一个孩子。

“晚安，亲爱的玛丽安娜！这只是开始。”

整个晚上，她心潮澎湃，就好像血液里感染了某种病毒似的。

她周身开始发热，发烫起来。这当然不是恶性病毒入侵，而是爱情。

* * *

不到一周，玛丽安娜便开始每晚都与奥斯丁·莫尔共进晚餐，通常只有他俩。

不到六周，玛丽安娜大多数的晚上便都在奥斯丁·莫尔家中度过了。

不到六个月，他们结婚了。

2

“玛丽安娜。你到底做了什么。”

婚后才几周，丈夫竟会突然大怒，这让玛丽安娜完全没想到，让她很是震惊。最初，她还以为他是在和她开玩笑。

研究中心将举办一场影展，之后，晚上将在奥斯丁家中举办晚宴，为此玛丽安娜收拾了房子，挪了家具、重新摆了椅子，以便空出一条通往室外露台的更宽的走道。她把涂漆的日式屏风搬到了起居室的另一侧，把一套加泰罗尼亚碗放到了不容易被碰着的高墙架上，以免被打碎。她还把一张看起来相当吓人的非洲面具移到了这个房间一个不起眼的角落里。几株养在陶罐里的优雅的兰花也被挪到了不容易被碰伤的地方。可是当奥斯丁看到她所做的这一切时，并没有像她所期待的那样感到高兴。相反，他对她怒目而视，不同意这么做。

“我只是让你在厨子们没来之前，帮忙准备聚会。不是让你重新摆置我的家。”

我的家。玛丽安娜惊呆了，没法完全理解他的话。

“对不起。我不是——我以为……”

玛丽安娜结结巴巴地道歉，奥斯丁似乎没听见。

“自你搬进来，你是不是一直都认为这个房子的陈设有欠考虑？是不是在你看来所有的东西只是随随便便堆在一起的？毫无美学逻辑？你觉得我的品位差极了？——比你的差？”

奥斯丁的声音里满是讽刺。玛丽安娜吓坏了，呆若木鸡：这太吓人了，她的丈夫，平日里客客气气、谦和温厚的一个人，活泼幽默的一个人，居然会因为她挪动了起居室的几件家具而勃然大怒——因为这样的小事！

玛丽安娜小声嘟哝着对不起、对不起，赶紧把日式屏风费力地拉回原处。过去在她看来，上漆的屏风是一件精美的艺术品，周身乌黑，上面点缀着小的奶油色的蝴蝶和鸟，高六英尺，相对于它在房间中所占的位置的确稍微有点高。可是现在，玛丽安娜几乎没法再正视它。奥斯丁继续咆哮，玛丽安娜只得把加泰罗尼亚碗、非洲面具、优雅的兰花一一搬回原处——（她战战兢兢，生怕这样搬来搬去兰花花瓣会落下来，因为有些花已经该谢了。）——年轻的妻子着急而谦卑地纠正着自己的错误，他却对此视而不见。

即便如此，玛丽安娜仍心存侥幸并自我宽慰着，他是闹着玩的！他不是认真的。这事不值一提……

“我很抱歉，奥斯丁！对不起。我当时考虑不周……”

“很明显，你的确考虑不周。”

怎么会这样，奥斯丁还生着她的气？她不是一直在道歉，东西也都挪回去了吗？可是他仍然瞪着一双牛眼，他的面颊也因为充血而变得过于红润。就算她蹭坏或是磕坏了奥斯丁的宝贝，他也不过如此气急败坏吧——可一切都完好如初，不是吗？他的怒火为什么并不见消？玛丽安娜担心他伤害到她自己，便避开了他。因为她脑子里闪过一个念头，一句告诫，只要他打你一次，就会有第二次，第三次。你们就完了。

她很想转过身去，离开这个房间，离开这所房子——她有自己的汽车，她可以开车离去……这场婚姻就是个错误：她必须逃走。但她知道，她绝不能抛弃这个狂怒的男人，她绝不能再去招惹他。虽然她长这么大还从未有过这样的经历，但她知道奥斯丁的愤怒只能任其自行熄灭，就像野火一样。她不能再去火上浇油，只能继续谦卑地道歉、忏悔，才能让他最终缓和下来。

她尽力去回忆自己和男人们之间发生过的争吵。年轻的男人：恋人。

没有哪一次吵架是因为这样微不足道的事情。也没有哪一次吵架会这样一边倒。

更没有哪一次吵架让她如此胆战心惊、手足无措。如此孤单无助。

奥斯丁去检查兰花了。共有六株，二十四英寸高，装在陶瓷碗里。起居室的一个小中庭里养着另一些雅致的植物——一些盆栽、一株叶子滑溜溜的翡翠木、一棵三条根的柠檬树。最初，玛丽安娜猜想过，这些美丽的活物是她之前的那位前妻留下的，还是奥斯丁的；自她搬进这个家后，照顾这些植物的工作似乎就落在了她的身上。

奥斯丁终于走了，去了书房，他像一场暴风雪刮过这里，把玛丽安娜一人留下瑟瑟发抖。

他恨我！从他的眼神就看出来了。

他终究还是不爱我。所有这一切都不过是逢场作戏。

“傻透了！吃一堑长一智吧。”

她是他第四任妻子。一想到有一天他会有第五任，她就难过极了。

在这个方程式中，Y是可变量，不变的是X。

她粗心大意、没脑子、蠢到家了——把她那好脾气的丈夫惹得生了场大气。她责备自己，全是她的错。

奥斯丁那抹令人不安的眼神，里面好像全是嫌恶：对这位他曾声称深爱的娇妻全无认可。

只是那个杀气腾腾的愤怒的眼神——太出乎意料了。

不过，与双亲的去世带给她的惊恐相比起来，这还不算很大的打击。我能够应付它。我会的！

奥斯丁的前妻们怕是没法适应这脾气的，玛丽安娜猜想。不过，她们对婚姻的期望和她对婚姻的期望也必然是大不相同的。

当然，当玛丽安娜更加冷静地回想当时的情况时，她明白，奥斯丁·莫尔一定还有另一面。没有人可以时时刻刻受人尊敬，奥斯丁在研究中心似乎就是这样；也没有人可以始终如一地保持自己的好脾气和好脑子。随时都神志清楚。

玛丽安娜第一次到研究中心时发现每个人似乎都很尊敬奥斯丁·莫尔，这给她留下了深刻的印象。他就像是神话里走出的人物：慷慨、友善，又才华横溢。

是的，她甚至希望听到人们说，莫尔是个“花痴”——甚至说——他跟研究中心的年轻女人们暧昧不清；成年后的他一直从事戏剧电影工作，身边满是魅力四射、野心勃勃的年轻女人，这似乎也在所难免。然而事实上，玛丽安娜从没听到过任何关于莫尔的负面评论；他没有与女人鬼混的恶名，也没有大发雷霆的恶名；尽管有人说莫尔有时候“没有耐心”——他“没法耐着性子和蠢人相处”——但这些都是无伤大雅的事情。

想必，在玛丽安娜之前的那些妻子们已经吃过他坏脾气的苦头。很有可能，他的孩子们也不曾幸免。

所以她们都弃他而去了。全都走了。

奥斯丁情绪的捉摸不定让玛丽安娜很是不安。她发誓再也不要激怒他——再也不要犯这样的错，在他的屋子里，乱动他的东西了；但是，她还可能犯其他的小错，譬如，在众人面前同他讲话的语气在他看来过于亲昵；再如，在厨房里一起做饭时，奥斯丁正考虑做一道菜，她却不合时宜地提一个建议——并无心计，就好像她和奥斯丁是平等的，奥斯丁并不是一个经验更丰富的厨子。

她犯了个可怕的大错，一天晚上，她并没多想，也没有征求奥斯丁的意见，用菠菜做了道配菜，因为玛丽安娜觉得菠菜可以搭配奥斯丁正准备做的海鲜意大利面；奥斯丁却又气急败坏了，就好像玛丽安娜在侮辱他的判断力——“我做的这顿饭有很多讲究，自成一体，根本用不着什么‘配菜’。我真想不到你在想什么，玛丽安娜。你干嘛过来碍事。”

这句话就像把一根点燃的火柴扔进了易燃品中——突然一声爆炸，大火熊熊燃烧，完全失控。

玛丽安娜提议把菠菜扔掉，这让奥斯丁更加生气。

玛丽安娜很是难受，因为奥斯丁竟在厨房这么个封闭的小地方对她生气。对于玛丽安娜而言，这个厨房一直是一个温暖的、吸引她的空间，竹节花木桌、深红色的地板砖，墙上挂着毕加索、马蒂斯的带框石版画。奥斯丁挂满汗珠的额头上青筋鼓出，就像是痛得打滚的虫子。尽管玛丽安娜一个劲地拼命道歉，奥斯丁还是对她怒火不消。她弄不懂了，为什么这样的小事也会让他如此大动肝火——她禁不住猜想，或许他在开玩笑——不过，奥斯丁显然不是在开玩笑，他认真极了，把身边的锅拍得直响，还对她咬牙切齿。就在那天，研究中心公开举办了一场辩论，是关于一个有争议的剧目的，奥斯丁讲起话来十分平静、清晰、掷地有声，看不出一点生气和不耐烦，也更未显露出孩子气的愤懑。仿佛私生活的亲昵，婚姻里身体的亲近，让奥斯丁·莫尔又恢复了青春，令他沉溺于那种幼稚的情绪中不愿走出。

他一定是害怕和厌恶天下所有的女人——当下我就是这唯一的女人。

有时，他们做起爱来——毫无例外地总是奥斯丁占据主导地位，由他决定什么时候开始，又由他决定什么时候结束——玛丽安娜的丈夫会表现出一种既任性又不计后果的冲动，这给玛丽安娜带来的不仅仅是伤害，还有困惑、失望。（做爱不像其他形式的幽会，更不是一个人能左右的。做爱时，玛丽安娜深信，经验丰富的丈夫几乎不会想起任何一位曾躺在他的双臂中的妻子或者情人。）整个过程基本上全无声息，这样一来，这种特别的伤害可能更容易被忘却。

玛丽安娜对奥斯丁低声说*我爱你*时，通常他已经渐入梦乡，不会有任何反应。他睡眠沉、排汗多、显得很吃力；他的呼吸声嘶哑、不规律；玛丽安娜觉得他像是一具被水泡发了的尸体，贴着水面漂浮……

想到奥斯丁的死亡，她感到深深的恐惧。她的嗓子说不出话来，这种想法太可怕了。

哦，但我爱你！我爱你……

玛丽安娜觉得很是奇怪，奥斯丁像是聋了一般听不见她的道歉。她从没遇到过一个像他这样的人，如此决绝地充耳不闻。即使玛丽安娜立即做出让步，承认自己错了，给他道歉，也几乎无济于事，就好像奥斯丁一生气就会想起他与之前那些女人的经历，他遭到了挫败、侮辱、背叛。

她想知道他是否因为那个儿子的死责备过他的第一任妻子。情况或许是：他没法原谅那个女人，他甚至都没有意识到他自己把对她的愤怒转嫁到了玛丽安娜身上。

有时她是如此的孤单！于是她便有了疯狂的想法，不管这个男人用什么样的防范措施，她也要怀上个孩子：她想有个孩子，这样她就不会这么孤单了。

玛丽安娜是个说话柔和的年轻女人，她从没有学会过维护自我，更不要说保护自我了。然而现在，这多伤她的心——他对她怒目而视，仿佛憎恶她一般；也正是这个男人，在他们初涉爱河的那几个星期，看她的眼神里充满了那样的柔情蜜意。

她一直相信——一直知道——这份爱情是真的。

当时，她不知道自己还能相信什么。她的丈夫可能还会“爱”她——但是她还能相信他吗？

这就好像奥斯丁眼中的玛丽安娜，一个变来变去的女人、让人无法看清，无法预知，难以信赖。她时而令他着迷，时而又让他愤怒不已。他看不透她。

结婚的头一年，玛丽安娜就已经想过好几次了，这场婚姻该结束了。她的丈夫对她厌倦了——对她没感觉了。他看她时，满眼憎恶、沮丧、怀疑和气愤——事实上，他还攥紧了拳头，好像迫不及待要揍她一顿。

她曾想过要逃离这所房子。房子是漂亮，地方也漂亮，只是——玛丽安娜开始恨它了。

她要逃离伯克利山，这地方虽美却也很危险——狭窄的大弯路，甚至没有单行道宽，向上融入陡峭的奇形怪状的山峦中，在那里，似乎有不止一个重心要将人拖下山去，让人头晕目眩；被称为“全景山”的这座山处处都藏着火灾隐患，这是显而易见的——因为救火车很难在如此崎岖的山路上行驶。

这里还是地震带。当玛丽安娜提及此事时，奥斯丁却不屑一顾地笑了。

“有一天，这个世界也会完结。还好，我没打算葬身于此。”

葬身于此的是我，不是我们。在他对世界末日的臆想中，奥斯丁没有想到任何一任妻子。

有一次，奥斯丁发了盛怒，玛丽安娜确信他会让她走。而她并不确定自己是否真地想留下陪他，这是一场摇摇欲坠、危机四伏的婚姻。

随即她又想到，没有了这个男人，我什么也不是。我就是个女儿/孤儿。我活不下去。这让她浑身发冷。

菠菜事件之后，他们勉强在露台上一起吃了顿饭，远处是太平洋的日落：玛丽安娜不敢说话，奥斯丁几乎都不看她一眼。他满脑子想的都是别的事儿，玛丽安娜认为这些事和她毫无关系，最近她对他的生活一直敬而远之。

他会亲口让我离开。他对别人是这么说的吗？结束了，请离开吧。这是我的家。

那晚，她认定奥斯丁不想看见她，于是她准备一个人睡客房，不睡他们的卧室。奥斯丁站在门口大发雷霆，谴责她：

“搞什么鬼！我的妻子就应该和我在一起，在我的床上。”

我的妻子。奥斯丁用这种厌恶至极的语气讲话时，他似乎已经忘记了玛丽安娜的名字。

“哈喽！你是玛丽安娜——那位新妻子？”

这个魅力四射的白发女人操着一口夹带着浓重异国口音的英语跟她打招呼。她的脸，既古怪又好笑，仿佛活生生的丘比特娃娃的脸。甚至当这个女人伸出她那戴着戒指的小手和玛丽安娜握手时，玛丽安娜还在担心自己是不是正在遭人取笑。

“我是伊内斯·赞布兰可，这是我的外甥女霍尔腾萨。”

“是——你们好……”

“莫非——我们来早了？奥斯丁还没准备好见我们？当然我和霍尔腾萨可以先去哪儿等会儿，然后再回来——如果你们不介意。”

玛丽安娜匆匆赶来回应叮叮响的门铃，已经上气不接下气。的确如此，伊内斯·赞布兰可和她的外甥女早来了一个小时。奥斯丁正在屋子的另一处换衣服。

玛丽安娜变得口吃起来，“不必，进来吧——请。不算早……”

“但是我想，可能我们还是早了点？我和霍尔腾萨，我们搭出租车来的。你知道，是从机场过来的。这种情况下，我们没法把到这儿的时间算准。”

“不，哦，没关系——当然没问题。请……”

玛丽安娜对着两个女人紧张地微笑——脑子里却一团糟，以至于都没和伊内斯的外甥女握手。这个外甥女同伊内斯并肩站在前门的台阶上，她比伊内斯高一头，站得比她稍微靠后一点，就像一个仆人一样拎着一个单肩包、一个手提袋，还推着一个大滚轮行李箱。玛丽安娜努力让自己不那么想：*她们是故意早来的。她们不想让我好过。*

玛丽安娜把目光从霍尔腾萨身上移走去看伊内斯：这下子，她差点晕过去。

正愉快地喋喋不休着的伊内斯·赞布兰可少了一只眼睛。她的右眼眼窝是空的。

这真是个骇人的时刻：你先会被她的左眼吸引，这只眼睛熟练地化过妆，黑色的烟熏妆，淡紫色和褐色的眼影使眼睛大了一圈，之后你看到另一个眼窝里没有眼球，那里就像是一个暗黑的空洞；出于本能你立刻转回去看左眼，它正盯着你，有意识地提醒着你，还带着某种戏耍的快乐，仿佛这位身材矮小、芳香袭人、装扮优雅、少了一只眼睛的白发女人，对你在想什么和吃惊什么了如指掌——尽管你一定会目不转睛地盯着她微笑，笃定心思不要大惊小怪，就好像一切如常，权当没看见那只没了的眼睛。

然而——玛丽安娜忍不住——她的目光又落在那个空眼窝上，它也化过妆了，黑色的烟熏妆勾勒出眼窝的轮廓，上面拱形的眉毛用眉笔画过，白色、灰色和浅褐色微妙地融合在一起，与另一道精心描过的眉毛完美地呼应起来。这让她看起来妖艳而迷人——伊内斯·赞布兰可有种戏剧人物般的气质，看起来比她年逾花甲的年龄要年轻得多，一张抹了白粉的脸宛如日本艺妓的脸，她像淘气的孩子那样浑身散发着一种活泼的快乐。

甚至伊内斯的白头发也不是上了年纪的女人那种白发——她把它剪短了，像摇滚明星的朋克头那样根根直立。倘若你再凑近点看，你会发现这种“白”并不是一种柔和的白色，而是一种金属白，显然是染过的。

伊内斯小脚上的金色凉鞋：三英寸的高跟使得这位艳丽的小妇人的身高达到了五英尺两英寸，让人不禁担忧她能不能站稳。小巧的脚趾露在外面，脚趾甲涂成了红宝石色，这与她抛过光的手指甲以及嘟起的笑眯眯的嘴唇很搭。

“请——进来。你们的行李——我可以……”

尽管好几天前她就预想过伊内斯的到访，玛丽安娜还是吓了一跳：为什么奥斯丁之前没有警告过她，他的前妻已经毁容了？(除非奥斯丁也不知道？这怎么可能？那只眼睛没有了一定是因为癌症——难道不是吗？)

至于霍尔腾萨：她姿色平平、少言寡语、头发紧贴着头皮向后梳、小眼睛，两眼挨得比较近，穿着平跟的芭蕾拖鞋、灰色涤纶裤、匹配的夹克，年龄和身高大致都与玛丽安娜相当，不过体重至少多了五十磅。一张阴沉沉的脸将原本灿烂微笑着的玛丽安娜粗鲁地拒于千里之外。玛丽安娜同她打招呼，她咕哝了一句，听不清说的是什么。

玛丽安娜把他们的客人领到休息室，她很是尴尬，也十分焦虑。伊内斯少了一只眼睛，这让她感到不适。不过她发现，自己这种尴尬倒让伊内斯觉得很好笑。伊内斯同霍尔腾萨说话的时候，不管说什么，都是用西班牙语，叽里呱啦的，应该不是在恭维她这位年轻的新妻子。

玛丽安娜想去通知奥斯丁他们的客人已经来了。不过，她知道奥斯丁不喜欢被人打扰。在卧室也好，在盥洗室也罢，准备见人时，奥斯丁从不仓促马虎，总是精心打扮一番。

玛丽安娜从霍尔腾萨手中接过那个很重的手提袋，把这两个女人领到这座房子的客房区，那儿的窗子对着太平洋。伊内斯一直在兴高采烈地大声惊叫、说个没完——玛丽安娜听不清她在说什么，她的口音很重，没准还掺了西班牙语——霍尔腾萨松松垮垮地跟在她姨母身后，不苟言笑。

从这位上了年纪的女人和年轻的这位身上不难看出家族的相似性：但是，伊内斯五官精致，煞白的妆容给她一种奇异的戏剧美；而霍尔腾萨的面容却较为粗俗、平庸；与她姨母的魅力四射构成了极大的反差，这位外甥女灰黄的皮肤上未施一点儿粉黛，粗密的眉毛也未做任何修饰以便使其看起来柔和一些，轻薄扁平的嘴唇毫无血色，甚至都不愿撇一下，来个礼节性的微笑。

这位姨母形体娇小，就像一个娃娃，超不过九十磅，而外甥女却体格健硕，敦实得像一头小母牛；灰色的涤纶夹克里装着她那一对巨乳，就像两只大得夸张的椰子垂坠下来。

自新婚以来玛丽安娜家中的头两位访客！她感觉自己有点头晕，伊内斯的香水特别像熟透了的水果，散发出浓郁的香味，飘进她的鼻孔。

她希望奥斯丁听得见伊内斯的大嗓门，或者她的高跟鞋落在瓷砖地面上发出的刺耳的咔哒声。玛丽安娜想冲着他尖叫，过来！救救我！你的妻子已经到了。

“奥斯一丁！看见你太高兴了！你没什么变化——看不出来。这一年过得真快，不是吗？——发生了这么多的事，然而一切照旧。”

不论伊内斯用她那令人发狂的亮嗓门叨叨什么，玛丽安娜都听不懂。她看见奥斯丁和他的前妻打招呼，脸上堆着不自然的热情，就好像是在和一位他并不怎么熟悉的研究中心的访客在打招呼；他勉为其难地笑着，弯下腰，让她伸出的嘴在他两边的脸颊上沾了沾，他脸上留下了红宝石色的印子。倘若他知道了，可能会很懊恼。那天晚上，伊内斯换了身夺人眼球的衣服——深紫色的缎面，顶端有带褶皱的抹胸，这与她瘦骨嶙峋的肩膀和又细又松垮的上臂都很不协调，这条薄薄的裙子就像是从某个角度开了口的蛛网，仿佛是被撕开的。她纤细的脖子处是一条玉石项链，玛丽安娜猜想这可能是奥斯丁以前送给她的礼物，因为它和玛丽安娜自己戴着的一条玉石项链很像，只不过她自己的那块更华丽些，分量也更重些。伊内斯那让人揪心的裸露着的双肩让她看起来既纤弱又尊贵。带褶皱的抹胸下藏着一对仿若缩了水的小巧的乳房。

本该是右眼的位置却只有一个黑洞，整张脸也因此有了一种眯眼斜视的不对称感，就像是毕加索的画作中才有的。不过，仍不难看出，伊内斯曾经是个漂亮女人；甚至风韵不减当年。

多么奇怪的一对夫妻啊：女人一头硬扎扎的白发，体态娇小；前夫却是个大块头，在她面前俨然一个庞然大物。虽然伊内斯兴高采烈的神情有点孩子气，但猛然看去，她似乎还是比奥斯丁大很多。

玛丽安娜看出来了，是的，奥斯丁一定知道伊内斯少了一只眼睛，因为他一点儿也不惊奇，因为当他看见那可怕的空眼窝时，既不恐慌也不担心；事实上，他几乎都没看伊内斯那张喜气洋洋的脸，就快速地把脸转向霍尔腾萨了，貌似热情却又不咸不淡地和她打招呼、握手。

霍尔腾萨既不故作友好，也不扭捏作态。她和奥斯丁没有相拥，也没有互相亲吻脸颊。这个阴郁的女孩竟然不为奥斯丁的魅力所动，这给玛丽安娜留下了很深的印象。玛丽安娜心想，霍尔腾萨是想让这个男人知道，她对他没兴趣。

这种老套的关系让人生厌，玛丽安娜想。婚姻把奥斯丁和霍尔腾萨拴在一起，或者说曾经是这样——本无交集的亲戚被拉来见面，彼此当然无话可说。

喝的？他们想喝点什么吗？奥斯丁抖擞着精神把他的客人让进起居室，请她们在长长的白色真皮沙发上坐下，从那里能看见远处的街景、海湾还有桥。在落日的余晖中，闪着微光的金门大桥隐约可见。

“啊！还是老样子——espectacular①！要是不用担心就好了——我能说这吗？——el terremoto②。”

伊内斯继续站着，轻描淡写地说笑。玛丽安娜知道 el terremoto 指的是地震，这个话题只会招来奥斯丁和其他旧金山/伯克利区的老居民一阵轻蔑的大笑。

“好吧——想让我从这儿搬走，光有地震根本就不行。”

---

① 西班牙语，意为“壮观的”。

② 西班牙语，意为“地震”。

玛丽安娜明白，这是个老话题了。这位妻子和这位丈夫谈论了很多次，无数次，这位丈夫总是会立即作答。

“玛丽安娜，亲爱的——你怎么想？”

“嗯？想什么？”

“你不怕地震吧，还是有点怕？”

玛丽安娜努力想了想。事实上，她没怎么想过这个建在半山腰上的摇摇欲坠的居所哪一天可能会被地震波及。她也没怎么想过可能会发生火灾、山洪暴发和山体滑坡。

“玛丽安娜不喜欢危言耸听，伊内斯。她是个务实的人——她只关心眼前和身边发生的事。”

这是第一次有人说玛丽安娜务实。以第三人称说她，在她听来，就好像她是个非常年幼的孩子，或是欠缺某种行为能力。

可能就是这样，玛丽安娜走入了这场婚姻，住在了这个美丽的地方，就必须接受这里可能会发生地震的可能。她十分感激这场婚姻，区区一场地震不可能把她吓跑。

“我没想过，我觉得……我……”

玛丽安娜的声音一点点弱了下去。伊内斯和霍尔腾萨一定会认为她，奥斯丁这个年轻的新妻子，竟这么懦弱！

在他和她们刚见面的前几分钟里，奥斯丁跟玛丽安娜打了个招呼，他显得心烦意乱。他始终朝着伊内斯的方向看，但又没有真正地看她，就像一个人朝着一道强光看过去，却又不敢直视它。

现在，他瞥了玛丽安娜一眼，他的眉宇皱得很深，仿佛一时间弄不清楚这个人是谁，她为什么同他的西班牙前妻一块儿待在他的起居室里了。

霍尔腾萨毫无风度地把整个身子沉进沙发里，陷到最低处，这样她就看不见那闪着微亮的夜景了。她没有把她那张油光满面的脸洗洗，也没换晚装，只是脱掉了涤纶夹克：她里面穿了件皱巴巴的T恤，磨砂黑的，上面印着的那张挺扎眼的图片已经褪色了——看着像张人脸，怒目而视、头发乱糟糟的——是贝多芬吗？

奥斯丁在准备喝的，伊内斯依旧踩着咔哒响的高跟鞋走来走去，对各种东西——以前的、熟悉的——新的、漂亮的——她都啧啧称奇。没法确认——玛丽安娜没法确认——这位性格活泼的小妇人是在发自肺腑地欣赏，还是在拐弯抹角地嘲讽；抑或，她只是想把她前夫的注意力转移到一个来自墨西哥的“恶魔”雕刻品上，或者一张哥伦比亚鬼脸面具上，或者那扇日式涂漆屏风上；她是想用这种残忍的方式让他记起他们曾共有的过去，或者只是为了称赞他，因为他还保留了些许他们共有的过去的美好。她还把那些兰花、盆栽和小柠檬树检查了一番。

玛丽安娜以为，她会摘个小柠檬，放进她口袋里。

但是伊内斯却只是恭维着奥斯丁美丽的房子——话语中似乎

并无讽刺。随后，她想起了作为新妻子的玛丽安娜，便转向她，投过来一个温暖的微笑，算是把她也加入了恭维之列。

看见她弯弯的眉毛下面那个空洞洞的眼窝，玛丽安娜再次感到一阵眩晕。

另一只眼睛，剩下的那只眼睛——像反光的玻璃一样明亮，妆画得很漂亮，正对着这位年轻的新妻子眨啊眨。

玛丽安娜给自己找了个借口说要去厨房取些提前准备好的开胃菜，便逃开了。价格不菲的奶酪，奥斯丁的最爱，已经从冰箱里取了出来，以便回一些温；希腊橄榄、腰果、品相上乘的小葡萄，还有奥斯丁最爱的黑麦脆饼。能够从伊内斯的身边躲开，哪怕只这么一小会儿，玛丽安娜也千恩万谢了——这种冲动愈加强烈，她想要跑出去，沿着碎石车道跑到大路上去，然后——逃走。

但是现在我才是他的妻子，他爱的是我。我属于这里。

对此她并不确信。脑袋里又一波眩晕袭来，夹杂着强烈的熟透了的桃子味儿和肥腻的豆焖肉的肉汁味儿，奥斯丁从前一天晚上就开始准备那道菜了。盛在荷兰焖锅里的豆焖肉正在灶台上用小火煨着。

玛丽安娜托着一盘子开胃菜回来时，奥斯丁和客人们已经落座，彼此的位置让人觉得并不舒服——伊内斯坐在白色的皮沙发上，对着一面厚玻璃板窗户，奥斯丁坐在一把椅子上，和伊内斯正好成九十度角，霍尔腾萨坐在沙发的远端。然而，谁也没看谁，这一刻，似乎谁也没有话想说。

甚至连伊内斯也感到有些别扭。她有个习惯，抚摸自己裸露的臂膀，舒缓又陶醉；爱抚着她自己，似乎在自我安慰一般。

她裸露的臂膀十分纤细，皮肤皱巴巴的。玛丽安娜看见她的臂膀上有像小黑蚂蚁一样的东西，不用说，那是痣。

伊内斯的后脖子上有好些痣。下巴底下也有一颗痣。

玛丽安娜微笑着端上开胃菜。她感到非常热：热得都流汗了。当然，那天的早些时候，她是洗过澡的，但后来再没洗过；她害怕奥斯丁拿眼瞟她，前不久他就那么看过她一次，可能是因为闻到了她皮肤上的气味。当时她也热得出奇，他问她——既不苛刻，也没有恶意，只是带着点戏谑和调侃——那天早上忙得没时间洗澡吗？——当时她很是尴尬，觉得惭愧。

她看见价格不菲的布里干酪又软又滑——奥斯丁喜欢这样的。为了这个难熬的夜晚，她特地换了身新衣服：蓝色带褶皱的上衣，白色的百褶裙。脖子上戴了一块沉甸甸的中国玉佩，那是奥斯丁送给她的。她的头发多多少少恢复了些之前的光滑和浓密，她的皮肤也不像有段时间那样蜡黄了；她往嘴上涂了点能够为脸提色的梅色唇膏，好让自己看起来自信些。不过，奥斯丁似乎一点儿也没注意到这些。他只顾往一块脆饼上拼命地涂抹那油腻又滑软的布里干酪，狼吞虎咽地吃着。

尽管奥斯丁谈及他前妻的到访很是随意，不过他却为了这一刻做了精心的打扮：衬衣的质地是优良的埃及棉，浅橙色，领端没系扣子；裤子是鸽灰色亚麻布的，有很新的折缝。那天他刮了两次胡子，因为他的胡子又黑又密，刮了之后很快就又长出来了。

玛丽安娜心想，他还爱着她。他心里清楚。

伊内斯和奥斯丁语速飞快地聊着什么？是他们都认识的朋友、熟人和孩子们的消息？——玛丽安娜几乎跟不上他们低声低语的交流，仿佛他们话语中的信息都是经过加密的。

“奥斯丁！——过得怎样？”

“他好着呢。——过得怎样？”

“好得很！我想。”

“还有——过得怎样？”

“不太好。”

“怎么会！什么时候的事？”

“几个月前。”

“多大年纪？”

“不算老。六十七。”

“六十七！真不算老啊。”

只是，这位前妻和这位前夫都不拿正眼看对方。言谈举止间都透着一种执拗，就好像有一种非人为的力量正驱使着他俩，支配着他俩。玛丽安娜明白了，把他们绑在一起的并不是他们嘴里的这些名字，而是两人都回避不谈的那个逝去的孩子，也是他们关系的核心——夭折了的拉乌尔。

这位丈夫和他的第四任妻子不可能建立如此紧密的联系，也不会如这般亲近——玛丽安娜知道这一点。

霍尔腾萨看起来孤零零的，玛丽安娜朝她挪了挪。她觉得有件事很奇怪——尽管在如坐针毡的那一刻，她几乎没有时间细想——伊内斯有点高傲地介绍她自己是伊内斯·赞布兰可，介绍外甥女时却只说是霍尔腾萨，就像在介绍一个小孩，或者仆人。霍尔腾萨是个多少有点名气的大提琴演奏家，不是吗？——玛丽安娜很想和她聊聊。

“奥斯丁说你拉大提琴？——多美妙的乐器啊！我以前拉过低音提琴、弹过钢琴；我是说，我学过——上过课——上了十二年——不过现在，我差不多已经放弃了……”一种失落感席卷了玛丽安娜，有那么一刻，她感觉自己快要哭了：她的脸会像婴儿的脸一样皱起来，眼泪会流下来。不过，她还是打起精神说道：“我希望我不会永远地——放弃。要是我能有个伴儿一起演奏，我很乐意在钢琴上伴奏，或者试着……”

在这间屋子里，奥斯丁的工作室里有一台钢琴，是台施坦威[①]牌的小钢琴，奥斯丁偶尔会弹一弹；奥斯丁还有个天赋是作曲，玛丽安娜之前就知道，尽管他最近这些年已经不再作曲了。他曾提出花点钱，让玛丽安娜跟中心的一位指导老师上点音乐课，但玛丽安娜暂时拒绝了——“我感觉现在不是很‘爱音乐’。”

霍尔腾萨住在哪儿？她多长时间去一次西班牙？她多长时间看一次她的姨母伊内斯？她在哪儿接受的音乐训练，又在哪儿演奏大提琴？——这些问题透露出关切，既简练又不至于冒犯；霍尔腾萨害羞得几乎都不敢看玛丽安娜，她坦诚地答道自己是在茱莉亚[②]和马德里皇家音乐学院学习的大提琴，师从著名的文森特·马丁内斯；她大多数时间住在纽约，她母亲和继父在那儿的上西区有一幢褐砂石的房子；不论何时何地，只要能拉琴她就拉，最近是和一个室内音乐组合一块儿，这个组合叫……玛丽安娜发现这个年轻女子有一双美丽的眼睛，黑黑的、眼距较近，眼睛中流露出一种谨慎，有这种眼神的人，太容易受人诱惑，从而一股脑把什么

---

① 1853年，德国移民亨利·恩格尔哈特·施坦威（Henry Engelhard Steinway）在纽约曼哈顿的一个小阁楼里成立了施坦威公司（Steinway & Sons)，运用代代相传的手工技艺制造钢琴。在超过一个世纪的时间里，国际顶级钢琴演奏家均将施坦威作为他们的首选。

② 创于1905年，位于美国纽约市林肯中心的一所音乐艺术学院，是世界上最为著名的专业音乐院校之一。

都说出来，然后又遭到指责。

玛丽安娜冲动地说，“或许——我们可以一块儿？我是说——我来给你钢琴伴奏……”

“我没带大提琴。你什么时候看见我带着琴来啦?”

霍尔腾萨的回答带着点挖苦。玛丽安娜全当没听见。

“好吧，我是说——有机会再说吧，霍尔腾萨！你和伊内斯下次来看奥斯丁的时候。”

玛丽安娜起身又去递那盘开胃菜。她发现她又冷又僵的双手正在微微地战栗。

“啊！——你还留着这个纳萨尔。奥斯丁，还是你明智!”

伊内斯在餐厅审视拱形门廊边上那只蓝色的玻璃“眼睛”。玛丽安娜大气都不敢出一下，伊内斯好像要把纳萨尔从挂钩上摘下来，她可能会失手打了它。

在起居室喝了两杯奥斯丁最爱的雪当利酒后，伊内斯的脸红通通的，脸上的浓妆也遮不住。从后面看，这个白发女人有一种打动人心的脆弱——裸露的双肩、凸显的脊椎——上臂看上去就像一个营养不良的孩子的。不过，玛丽安娜感到，他们四个人中，包括奥斯丁在内，意志最坚强的却是伊内斯。

“你知道的——我到哪儿都离不开我的纳萨尔”——伊内斯抬起她纤细的胳膊，给同伴展示她左手腕上的金链手镯，上面有一只硬币大小的蓝玻璃做的纳萨尔。“奥斯丁说它‘不过是迷信’——话虽如此——远涉重洋过来还是得备上它，不然就太傻了。我坚持让我亲爱的外甥女也戴一只纳萨尔。”

霍尔腾萨脸上一副不情不愿的表情，小姑娘抬了抬她肉嘟嘟的胳膊，好让大家看见她手腕上的镯子，像尽义务似的。

伊内斯恨恨地说：“那只邪恶的眼睛就在我们身边，现在网络空间里也有。人再怎么小心都不过分。”

“是！太对了！可是——人先得活着吧。”

奥斯丁帮伊内斯落座，本来还打算帮霍尔腾萨，不过这个阴郁的年轻女人已经坐下了。当然，旁边还有玛丽安娜，虽然奥斯丁也注意到了她的存在，不过，让她自己入座就行了。餐桌有四个座位，每边两个。奥斯丁和他第四任妻子要与他的发妻和霍尔腾萨面对面坐着，只好如此。

不过，玛丽安娜现在想的是，尽管奥斯丁对她视而不见，眼睛只顾看他的发妻而不看她，但他对伊内斯的关怀未免过于生硬。刚才在客厅里时，他坐在和她成直角的地方，就像爱德华·霍普[①]画中的一个人物，人虽在那里，却与其他人物格格不入；他笑得不自然，太勉强了。

---

① 爱德华·霍普是一位美国绘画大师，以描绘寂寥的美国当代生活闻名。

“太美了，没变样儿！就算是一个人，奥斯丁也知道享用最精美的东西。”

伊内斯说的是餐厅，暗红色的墙，黄铜框的镜子，克莱、夏加尔、毕加索的石版画；她兴奋地俯下身子去嗅桌上花瓶里那株紫黄色的鸢尾，那是玛丽安娜从屋子边上的花园里采来的。

过了一会儿，玛丽安娜才想起来，奥斯丁不再是一个人了，至少，对其他人而言似乎不是了。

“啊，这是——假的？我想。”

玛丽安娜说不是的，是她亲手采来的花。

“早在以前，这座房子周围长满了芳香四溢的鲜花，”伊内斯说道，昂起的头正对着玛丽安娜，唯一的那只忽闪忽闪的眼睛眯缝着，“每年我来这儿，花越来越少。这些花儿一点儿香味都没了，说是假花都有人信。”伊内斯说那两个字的时候带着时髦的西班牙音。

玛丽安娜看了一眼奥斯丁，希望得到他的支持，或者同情，但奥斯丁似乎什么也没听见。他眉宇间皱起的那条缝如同刀刻的一般。

第一道菜是清清淡淡的奶油蘑菇汤，奥斯丁准备的。伊内斯对汤赞不绝口——“啊！绝了。”

那天晚上，奥斯丁长期雇请的家政妇安娜一直在厨房帮忙，但是奥斯丁更愿意亲力亲为地为他的座上宾们服务，就好像他没雇任何人来帮忙似的。当然，他让玛丽安娜来帮他做他的大菜豆焖肉了。这是道很费心思的西班牙菜，要用到很多食材——鸭肉、香肠、火腿、烟肉粒、蹄髈、大豆——这是个大家都有很多话可以谈的话题，甚至霍尔腾萨也加入了。同时端上桌的还有一只大木碗，玛丽安娜在里面装的是沙拉绿叶蔬菜、圣女果、新鲜的罗勒和香菜，还有切碎的无花果，用奥斯丁的橄榄油拌的，上面还淋了醋——一道养眼的沙拉。另有一瓶等待开启着杯的红酒，显得十分正式；奥斯丁全神贯注，玛丽安娜那种强烈的自我缺失感也因此被冲淡了许多。

这是道精美的大餐。奥斯丁一向以自己的厨艺为傲，他在吃喝上花的气力堪比他在职业工作上的付出。

然而豆焖肉太油了。叉了两小块之后，玛丽安娜就再没胃口了。

伊内斯吃得也不多。不过，这个狡黠的小老太婆却能熟练地把食物在自己盘子里拨来拨去，以此恭维她的主人，好让他以为她正忙着吃他做的菜，喜欢得不得了。

霍尔腾萨却吃得酣畅淋漓——奥斯丁又为她的盘子添了两三次。

吃饭的时候，伊内斯没完没了地聊着加州——“对我而言，现在只剩回忆了。只是——一场回忆!”

这句话听起来十分随意，但玛丽安娜发现奥斯丁并没有接她的话茬。

“那些树！风暴天气里桉树很危险，玛丽安娜——要是再着了火，就更不得了。我看见过它们突然烧起来——太吓人了，就像一场——浩劫。你绝对想象不到一棵桉树能烧成那样子。”

玛丽安娜微微一笑，不知该说什么。难道伊内斯——和奥斯丁一起——经历过一场大火？还是说伊内斯只是随口说说，并无他意？

“奥斯丁总嘲笑迷信。但是有时候你不得不信——按照机会逻辑——我们身上发生一些事情是有原因的。古老的民间故事中并不存在自然死亡——那都是鬼怪的作用。如果你生病了，倒下了，死了，要怪就怪你死的那个地方——那儿一定住着一只恶灵。我祖母给我讲过一个故事，一个女人在墓地不小心把一只骨灰瓮掉到了地上，一只恶灵就从里面跳了出来，钻进了她的身体……”

霍尔腾萨突然大笑起来。伊内斯转过脸看着她，一副受了惊吓的鄙夷的神情。

“唑，你们这些年轻人就笑吧。总有一天你们会碰上的。”

现在谈话转回到不那么敏感的话题上——伯克利和旧金山的餐馆、西班牙小食吧、西班牙料理，还有其他各种料理。伊内斯起的头，奥斯丁接着聊，不过他聊食物的热情不如平常；食物是奥斯丁的爱好之一，可能在他生命的这一阶段，这是一种基本的爱好，他爱的还有酒。玛丽安娜发现奥斯丁仍然不拿正眼看伊内斯，就好像在躲着她；似乎他就是没法看她——他曾经灿若明华的娇妻现在已美人迟暮，容颜尽毁。

奥斯丁很有礼貌地转向霍尔腾萨，问了一些有关她“音乐职业”的事情——可是聊到最后，霍尔腾萨的话语尖锐起来，再不打算对她的主人那么客气了，“我根本就没什么音乐职业。我努力争取演出的机会，非常辛苦。但多数时候，都争取不到。我还教课——给一些孩子。只要有人愿意跟我学。我从来就没有过一个职业，我也谈不上有什么生活。在音乐里，我就是个工人，无产阶级的一分子。”

还不等奥斯丁作答，伊内斯就打断了她：“当然没有霍尔腾萨说的这么严重！不过也是真的，她才华横溢，运气却不大好。即便她嘲笑迷信，像她这样勤恳上心的人也不应该走这样的霉运——不过有一天会改变的，我相信。”

霍尔腾萨又大笑起来。她没对姨母不堪一击的乐观做任何反驳，只是往自己盘子里多舀了几块豆焖肉。

玛丽安娜对这个年轻女子涌起一阵同情。只是因为她不漂亮。她是个平凡的女孩——哪怕在音乐里她也找不到自己的位置。

出于同情，玛丽安娜试图再次拉近自己和霍尔腾萨之间的关系，霍尔腾萨却无动于衷。

就好像在说，你是谁？谁谁的妻子？鬼才理你呢。

玛丽安娜麻木地起身。她要收拾盘子了——再端上甜点，一道由伯克利著名的餐饮师准备的上等焦糖奶油。

奥斯丁在自己的座位上纹丝不动，仿佛玛丽安娜是他的佣人。

在厨房里，安娜快速从玛丽安娜手中接过盘子，放进洗涤槽中漂洗。她本打算和玛丽安娜一块儿到餐厅收拾桌子，玛丽安娜告诉她别去，拜托——“奥斯丁更想让你待在这儿。”

她是多么伤心，多么焦虑，在他们的客人还没来之前，她的丈夫似乎就已经把她遗忘了；不是因为他生她气的方式让她害怕，而是因为他似乎忘记了她。是的——我的妻子。我年轻的、新妻子。她是哪一位……

玛丽安娜不愿意承认他们的婚姻十分脆弱，空有一副婚姻的壳——双方都太急于求成了，好像在演一部浪漫的拉丁电影。她也不愿意承认她同这个年纪大她很多的男人在一起只是因为他爱她：口口声声说爱慕着她。

她内心空落落的，像被掏空了一样。父母的辞世使她的生活轰然倒塌，她尚未从中完全恢复。她对这位丈夫既没有爱，也不再心存爱的希望了。

她回到餐厅。烛光摇曳着三张扬起的脸——其中的一张，少了一只眼睛，转向她，挂一丝似曾相识的狡黠的笑。

玛丽安娜经过伊内斯的椅子时，这个白发的小老太婆一把抓住她的手，用力把她的身子往下拽，对她耳语：“你是安全的，玛丽安娜！他永远也不会知道你的秘密。”

玛丽安娜曾在她丈夫的文件柜和抽屉里找过他以前那几任妻子的照片。可能奥斯丁没有细心地保留他过往的家庭记录，也可能他在离婚后故意删除了这些记录。

不过在一本时间最为久远的相册中，玛丽安娜找到了一张又皱又破的照片，上面的人应该就是伊内斯·赞布兰可：一位漂亮的浅金色头发的年轻女子，戴着超大的黑墨镜，一边大笑一边吐出一缕烟。她瘦弱的肩膀上披了件像是丝绸披肩的东西，披肩没有系住，露出她奶油般柔滑的乳房的上部。无论照片是谁拍的——极有可能是奥斯丁本人——显然他爱这个女人，凑她凑得很近，站得位置比她高一些。

照片的后面用铅笔潦草地写着，阿马尔菲——1982 年 10 月。

那场死亡发生的前一年。

那场死亡。

* * *

“亲爱的玛丽安娜！见到你真是太高兴了。”

“你”字被刻意地、狡黠地强调了一下。伊内斯卖弄风情地对着她微笑，她刻意强调为的是让玛丽安娜明白，她更喜欢有她在场，而不是奥斯丁。

她是真诚的吗？有关这个一只眼的小妇人的一切都是真的吗？玛丽安娜还从未遇到过一个人，让她如此出于本能地抵触和畏惧；不过，不可思议的是，她也出于本能地为她着迷。她可以想象伟大的艺术家——比如说，毕加索——画笔下的伊内斯·赞布兰可的那张破了相的脸会是什么样子。这个女人伪饰的微笑下藏着一种富有魔性的陌生感，这为她平添了一种难以抗拒的魅力。

“尽管似乎——今晚——我们之前就见过——我和霍尔腾萨有同感——在这间屋子里。你——或者是某个特别像你的人。多年前。”

伊内斯轻轻地说着，却又显得很急迫。她没有留意到，玛丽安娜听了她的话后，脸上露出一种遭到人冒犯的惊奇。

“我们能感觉到你的生命中有过巨大的损失——奥斯丁接受了你，你就像他那些‘剧目’中的一个。同强硬的女人待在一起，他会不舒服——和他待在一起的只有那些灵魂不完整的女人。我也曾是这个男人的妻子，后来我明白了这个，就离开了他。重蹈其他人的覆辙——走向毁灭。”

奥斯丁在屋子的另一边。玛丽安娜陪着客人们来到客房区，声称要再看看浴室有无问题、缺不缺柔软的大浴巾。

她知道同这位发妻独处有多么的危险——但她就这么来了。

霍尔腾萨也从她们中间退了出去，躲到自己的房里去了，还把门关上了。

“我希望——我不是吓唬你？有很多事情你必须知道——不然来不及了。不能等到他来干涉——以前总这样。”

晚餐花了太长时间——差不多两个小时。餐桌上凝滞了一种带着焦虑感的倦怠。玛丽安娜异乎寻常地喝了几杯红酒，觉得晕乎乎的，两眼后面的脑袋也隐隐作痛。没有一个人起身打算离开，最后，奥斯丁挤出一丝不自然的歉意，说道，“好吧！咱们有人明天要早起……”

聚会立刻就散了。霍尔腾萨一直在打哈欠，却懒得拿手捂住嘴。伊内斯看起来也累了，尽管她仍希望继续保持她那明丽灿烂的微笑，像镜头下大家所熟悉的那个伊内斯那样。

奥斯丁很想赶快地逃回自己的书房去，他对客人们把晚安都说了。在那间四面都是玻璃墙的俯视着海湾的大房间里，他要查收邮件、查看手机，可能会忙到半夜甚至更晚。

玛丽安娜不知道奥斯丁是否希望她去找他，同他交流一下对客人们的看法，他觉得这个难熬的夜晚过得怎样，以及关于明早，他是否已经计划好了。到时候伊内斯可能希望单独和他说会儿话——这难道不是她到访的重点？不过，玛丽安娜感觉得到，奥斯丁的书房那会儿也不会欢迎她。毕竟，她的丈夫已经被几个女人缠了这一整天。

伊内斯幽幽地说："我能够感觉到这个屋子里的紧张气氛，所谓山雨欲来风满楼。这儿一直都是这样。本质上说，奥斯丁不是个有理智的人——现在你必须明白这一点。明明是他发了疯，他却会像很多男人那样伪装自我，以至于他身边的女人开始怀疑自己的神智。"

伊内斯抓紧玛丽安娜的手腕。小老太婆禽爪似的手指头上戴满了戒指，紧紧地握住了玛丽安娜的手腕。

玛丽安娜试图把手抽出来，无济于事。

"我——我不认为……我现在得走了……"

"你非常年轻！他选你不是因为你长得漂亮——这是一大幸事，玛丽安娜，我得告诉你——这个男人已经犯过一些愚蠢的错误，他过不了美人关的。"

玛丽安娜站在那儿一动不动，就好像被人催了眠。这个恐怖的女人在说什么——玛丽安娜不漂亮？

她当然知道这个。只是她没有想到别人也知道这个。

"亲爱的玛丽安娜——你是个有精神追求的人，我们能看得出来。你不是'肤浅'之人。别让这个男人把你卡得出不来气。你看起来已经上气不接下气了——呼吸不畅——和奥斯丁之前的那些女人们一样。别想着跟他生儿育女——以为自己那样就不会那么孤单。他会把他们从你身边轰走，甚至更糟糕。"

"我——我从没想过这个。我……"

“他若吻你，一个他那样的男人，你会尝到那份毒药，尝过没？他身体里住着一只小毒蛤蟆。下次，你得留心了，他的唾液会让人变得麻木——像麻醉剂。”

玛丽安娜惊得都忘了扳开她的手离开。原本因为在吃饭时多喝了酒而变得暖烘烘的脸，现在变成了羞恼的绯红色。

“最重要的是，不要被这个男人骗着和他去做——该叫什么好呢——‘爱事’。虽说你是他的妻子，他可不这么认为，真的。他和他的那些男性朋友们聊起来的时候，这只是他们共同的笑料，他们会说粗俗、残忍的事情，谁也不放过——不管是妻子，女儿，还是母亲——对于他们而言，我们谁都无足轻重，那群男人，那群疯狗，只要他们聚在一起。而且，奥斯丁是个极度守旧的人，一个‘清教徒’，他才不会尊重你。”

现在，玛丽安娜的脸开始烧得发烫了。伊内斯的警告来得太晚了——她已经勉强同意了她丈夫的某些要求，他的花言巧语让她屈服了。玛丽安娜，我太爱你了。我爱慕你。你不会受到伤害的……这对我意义重大。

“霍尔腾萨也曾是他的猎物，她那时还相当年轻。我外甥女十三岁时，不像现在这么平庸，也不胖。她每次都陪我来这儿，为的是向他证明，她没有受到他的伤害。他却假装什么也不记得了，真是有趣——对吧？”

“我——我不相信，伊内斯。这不——不可能……”

“为什么，因为我外甥女现在不漂亮了？年轻的时候，女孩用不着漂亮只需要年轻就行了——不信，就去问你那禽兽不如的丈夫去。”

伊内斯用力地拽着玛丽安娜的手腕，以便对着玛丽安娜耳语：“给这样的男人生孩子——太傻了。我们结婚的时候，多年轻，他不想为人父——尽管奥斯丁当时也不算太年轻了，至少三十了；我比他大两岁。在男人的一生中，初为人父可算是一场危机——他自己不能再像个孩子了，对于某些男人来说，这够他们受的。我是说，这对他们这些‘自恋狂们’是个打击——我想奥斯丁应该告诉过你——我们有个可怜的儿子拉乌尔，在摇篮里猝死了——来得太突然了——据说这被称为‘婴儿猝死症’。没有人知道原因是什么。他们说——可能是因为趴在那儿睡，孩子太小了。我并没有把孩子脸朝下放下，脸是朝上的。可是，等我回来时，宝宝趴在那儿，已经死了。奥斯丁也在家里。就是这个家。房子和现在的不一样，因为他重新布置了那些房间——那间婴儿房，现在已经不在了。他坚持说自己当时出去了，但事实上，他是在家的。他假装不记得了，但我记得。我们的互惠生也记得的——她徒步下山去了镇上，因为奥斯丁当时不打算开车下山。你知道的——那么小的宝宝自己是不可能翻过身子的。只有比他大的宝宝才能自己翻身，从脸朝上变成脸朝下。我们可怜的拉乌尔一直趴着‘睡’，直到没了气息。他的小身子很热——一定发烧了。他的小脸通红。我永远也忘不了那种热度。”

伊内斯用指尖挠了挠脸。她仅剩的那只眼睛流泪了，泪水在她瘦削的、涂了厚粉的脸颊上闪着光。

伊内斯遭受着感情的折磨，这感情真实得让人心碎。玛丽安娜被深深地打动了，但她不知道自己能做些什么。她为此内疚、羞愧，因为她自第一眼见到这个女人，就对这个可怜的小老太婆心生厌恶；而且她一度难以自持地嫉妒过她。

“伊内斯，我很抱歉。奥斯丁跟我说过——一些。但是——”

“但是他没说过他当时就在这里，他是我们宝贝儿子生前所见的最后一个人——我知道他是。”

“我——我不知道这些……”

“他把我从他的床上驱逐出去了，甚至他的生活，不久之后。我没办法只得逃回了家——我自己的娘家——我崩溃了，住了八个月的医院。他一定是这么编这个故事的，我选择了我的电影事业，把我们的宝宝舍弃了。然而事实上，是因为他自己的事业——他不愿意被‘束手束脚’——他当然不愿意不论去哪儿都带着那个宝宝，只要想想这个孩子，想想成了父亲——这对他的事业而言太突然了。”

伊内斯啜泣着，身子瑟瑟发抖。她的眼泪把烟熏妆冲花了，两条带着纹理的小河开始溶解她日本艺妓似的脸上施着的白粉。带褶皱的紫色缎面礼服的上装包裹着为人遗弃的女性身体，这看起来滑稽可笑。玛丽安娜想去安慰她，但又不想去碰触她的身体——（玛丽安娜吓得几乎不敢碰伊内斯）——不过最后，对这位上了年纪的老太太的同情还是让她释然了，玛丽安娜把伊内斯揽到怀里，抱着她。

竟如此孱弱！如此瘦小！伊内斯给人的感觉就像是一具人体模特、一副躯壳而已。

不过这都是假象：伊内斯一点儿都不孱弱。她在玛丽安娜耳边低语着，讲起了她多年前做过的那个“狂野而奇妙的梦”——“甚至早在我们的宝贝儿子离开我之前。我多想给这个残忍的丈夫一剂毒药，让他没法再为非作歹；我多想把我自己的药片混一把给他——巴比妥类药[①]、安定药——给他却不让他知道。奥斯丁还年轻时就容易鼻窦感染——他经常服用抗生素。我拿着他的处方为他配抗生素。但我可以用我自己的药替换掉他的。他又怎会知道有什么不同？——他不会知道的。他吃过很多抗生素，美国人通常都这么做——有时候按照处方每隔几小时吃一次，连续服用最多十二天。等他吃了我的药，睡着了，我只需用枕头捂住他的脸——可怜的拉乌尔就是这样死的，枕头捂住了他的脸。”伊内斯停下了，呼吸变得急促。她把玛丽安娜推开，只是轻轻地：玛丽安娜可以看见这个女人双唇上宝石红色的妆已经花了，

---

① 用作中枢神经系统抑制或安眠的药。

中间露出粉色的舌尖，就像小小的蟒蛇的舌头。“到时候，我会扔掉我所有的药片，它们曾经是由奥斯丁保管的，我会把它们冲到马桶里去。人们会相信是奥斯丁故意服了巴比妥类药，出于自愿的。没有人会知道——他也不可能知道。证据会显示，是他胡乱用药，是他自己要了自己的命。倘若要验尸——谁会知道呢？他身边那么多人他都伤害过，谁又会关心他呢？”

玛丽安娜听了伊内斯的话踉跄了一下，说不出话来。这个女人是在开玩笑吗？她不会是认真的吧？

“我——我现在得走了，伊内斯。我没法——我现在没法再跟你聊了。晚安。”

玛丽安娜转身要离开，但是伊内斯用她虽纤细却有力的胳膊抓住了她。她那小小的发了烧似的身体里飘出的味道几乎要把玛丽安娜熏倒。

“啊，亲爱的玛丽安娜！你就如同是我自己的女儿——我被派到这儿来告诫你，你明白的。年轻时的我没有勇气实施我这个狂野的梦。但是你——你要为你自己的人生而斗争。我会与你同在——精神上。我不会抛弃你。”

为你自己的人生而斗争。但是玛丽安娜可以逃离这场婚姻，如果她愿意的话。

除非奥斯丁不允许她离开。有这种可能性。

最近几周，他们在一起所度过的夜晚变得像他们在一起的白天一样不可预知。奥斯丁是个深情款款的男人，你也可以说他在性事上十分贪婪、难以餍足；除非他刻意冷淡、心不在焉。最近更多的时候，他很晚才上床，那会儿玛丽安娜都睡着了（或者说假装睡着了）。他通常七点起床，轻快、愉悦又迅速地告诉玛丽安娜——“再睡会吧。你得多睡会儿。你还没康复呢。”

那晚，玛丽安娜几乎倒头就睡，睡得很死。约莫过了一个小时或更长时间，奥斯丁进来了，她并没有全醒；但是在那之后，又过了许久，屋子里某处传出来的喊叫声把她惊醒了。她坐起身子，吓坏了。奥斯丁机警地说道：“待在床上。我去看看怎么了。”

他喃喃自语，一副焦躁害怕的样子。他穿一件宽松的T恤和棉布短裤睡觉，它们经常会被汗湿透。现在，他从壁橱里取了一件厚绒布袍子，套在身上就赶紧出去了。玛丽安娜不确定发生了什么——是夜贼吗？还是失火了？随后她想起了他们的客人。

突然从睡梦中惊醒，玛丽安娜觉得头昏眼花；她站在卧室的门口，侧着耳朵听。

一个女人的声音，或者不止一个。奥斯丁的声音。尽管奥斯丁不让她跟着他，玛丽安娜还是赤着脚、小心翼翼地走到了房子的另一端，奥斯丁似乎正在恳求某人。门被锁上了？伊内斯被锁在洗手间里了？那个仿佛从远处传来的逐渐变弱的哀号声是怎么回事？

玛丽安娜斗胆走到奥斯丁身后，抓住他的胳膊。

“怎么了？发生什么了？”

“回到床上去，玛丽安娜。求你了。这不关你的事。”

“但——伊内斯病了吗？她弄伤了自己吗？霍尔腾萨在哪儿？”

“见鬼，玛丽安娜！照我说的做。回到床上去。”

玛丽安娜回到卧室，但没有上床。她焦躁不安，忧虑得很。

她是要弄伤自己吗？要自杀？在奥斯丁的屋子里？

这是她的复仇……

至少过了半个小时，客房区的骚动才消停了。玛丽安娜朦朦胧胧地看到屋外的路上来了辆车，车灯明亮。最初她以为是救护车，不过她既没看见闪光灯，也没有听见鸣笛，但她能听见调度员对讲机里发出的声音。

不一会儿玛丽安娜看到步行通道上出现了人影，并不清楚，只是隐约可见。她得把脸贴在玻璃窗上才能从某个角度看见发生了什么。一个高大的身影——大概是奥斯丁——同另一个高大的身影并肩而行——是霍尔腾萨吗？——二人中间是一个形如孩童的人，腿脚踉跄，这该是伊内斯。玛丽安娜转动把柄打开窗子，听见了熟悉的声音，声音并不大，听着像在耍性子——“天啊，我不是瘸子。我能像你们一样好好走路——该死的！”那辆车的司机——显然是辆出租车——从奥斯丁手中接过行李，放进行李箱。一番努力之后，伊内斯和霍尔腾萨被塞进了车后座。奥斯丁把门砰地一声关上，又与司机说了几句。黎明时分，冷雾笼罩着伯克利群山，她们就这样被带走了。

玛丽安娜检查了一下伊内斯刚才把自己锁在里面的洗手间。盥洗盆和墨西哥瓷砖地面都是湿的；盥洗盆里飘着粉红色，这让玛丽安娜不忍直视。

废纸篓里是浸透了血水的纸巾。不是几张，而是一沓。她把自己弄伤了。她流血了，在这所房子里。从现在开始，我们再也无法摆脱她。

奥斯丁来找玛丽安娜了，把她从不透气的卫生间里拉了出来，并把门关上。他情绪激动，满面通红，头发乱蓬蓬的，下巴上的胡子也没有刮。玛丽安娜问他发生了什么事，奥斯丁说这不关她的事，玛丽安娜说这当然关她的事：她是他的妻子，她也住在这所房子里。伊内斯是要自残吗？她把自己弄伤了吗？用刀片？发生了什么？

奥斯丁一副冷冰冰的样子说：“她走了。她再也不会回来了。这就是你该知道的。”

玛丽安娜跟着他回到这所房子的另一端。她看见他在摩挲还不曾剃须的下巴，满眼尽是懊恼和气愤。不过至少不是生她的气。她说：“她情况不好。她受过伤害——某人伤了她。你为什么不提前警告我她少了一只眼睛？害得我毫无心理准备，一开门就看见那样的她，你知道我有多震惊吗。”

“少了——什么？”

“少了一只眼睛。我想是右眼。你为什么不提前告诉我？”

奥斯丁盯着玛丽安娜，就好像在怀疑她竟选了这不合时宜的时刻和他开玩笑。他抓住她的一对胳膊肘儿，轻轻地晃了晃她，就像是在晃一个任性的孩子。

“少了一只眼睛？你究竟在讲什么，玛丽安娜？”

“她的眼睛。伊内斯的右眼。空眼窝——看起来恐怖极了，也哀伤极了……”

“你喝多了。玛丽安娜，你不能喝酒。你知道的。”

“她的眼睛——她少了一只眼睛。她一定是得过癌症。这个可怜的女人，她怎么能忍受得了照镜子——她怎么继续她的职业生涯——她为什么不再装只假眼呢？看起来太恐怖了，看见那只空眼窝，我会做噩梦的。奥斯丁，你要是能事先警告我还好……”

“伊内斯没有少一只眼。就我所知——她也没得过癌症。你累坏了，你这是在胡思乱想。在这危难的时刻，你什么忙也帮不上，你的歇斯底里症只能让事情越来越糟。玛丽安娜，你只需知道，伊内斯再也不会来这座房子了。你也再不会看见那个女人了——别瞎想了。”

失望透顶的奥斯丁说完这些话后就离开了。他心烦意乱、步伐沉重。玛丽安娜在他身后凝视着他远去。

那个发妻来访后的几天甚至几周里，玛丽安娜动不动就头疼、消化不良、失眠。

玛丽安娜变得十分警觉，她觉得奥斯丁这座美丽的大房子变样了。

她陪在丈夫身边时，他变得十分谨慎：他变得小心翼翼，尽管他经常对着她微笑，看似是认可她，却像是在应付一个精神错乱的病人；最重要的是，他不信任她了，就像不信任一个住在他屋子里的陌生人一样。

她养成了摸自己眼睛的习惯：左眼。

她养成了摸自己眼睛的习惯：右眼。自我确认，眼睛在那儿，不仅仅是眼窝。

她养成了慢慢地、轻轻地抚摸自己的胳膊的习惯，就像是自我安慰。她用指尖在苍白的皮肤上摸索着细小的、几乎看不见的痣。

显而易见，这所房子里的气氛变了。几英里外的海湾折射出的灯光，仿佛是挤进来的一小滴毒药。

最绚丽的那株兰花，那带有淡淡的玫瑰粉条纹和黑色条纹的花瓣，开始凋零了。

玛丽安娜似乎做什么都挡不住它的凋零。花瓣一片一片地凋落，最后只剩下骨瘦如柴的花茎，一点儿也不美了。

青锁龙光溜溜的叶子也开始落了。玛丽安娜给它浇水，叶子会落；玛丽安娜不给它浇水，叶子还是会落。

那几株盆栽中的一株开始枯萎。

玛丽安娜诚惶诚恐，不知道是不是应该赶紧去花店买些新的、健康的植物。因为她知道，奥斯丁可能会因此责备她。责备她疏忽怠慢了这些植物。

大概已经来不及了。尤其是，他已经注意到了这些病怏怏的兰花。要让玛丽安娜想办法骗他，这又是她做不来的。

那套精美的土色加泰罗尼亚碗中有一只裂了道口子，但是玛丽安娜确信，她已经好几个月都没碰过它们了。

她查看挂在门廊上那只蓝玻璃的纳萨尔。她等着它滑落、掉到地上、摔个粉碎——但是它没有。

睡不着觉，可真够要命的！差不多一年了，高烧再次来袭。

很久之前，玛丽安娜就用完了她的巴比妥酸盐，那是还在康涅狄克州的时候，她母亲的医生开给她用以治疗背痛的。她约见了伯克利的一位医生，没让奥斯丁知道，得到了一张安眠药处方。她告诉医生，她和丈夫很快就要去欧洲旅行，她需要他最大剂量地给她开药。她到最近的药房取了药。沿着狭隘崎岖的山道开车回家，她感到口中异常干燥，似乎她已经喝下了巴比妥酸盐，再也不会完全苏醒。回到那间房子，回到家，她庆幸只有她一人在家——庆幸得很！奥斯丁在研究中心，晚会儿才会回来。他最近几周也睡不好觉。自伊内斯走后，他的窦性头痛又发作了。他开始严格地执行抗生素疗法。

午后，太平洋上空的阳光洒满了起居室，玛丽安娜把半打微微闪烁的小药片摊在手心里，盯着它们，脸上露出一丝无力的、似有似无的微笑，仿佛在努力回忆它们的用法。

咫尺之遥　随时　永远

天哪！他在跟我微笑。

他是在跟——我笑吗？

快速地掉转脸来，低头看笔记——本上是我为自然史论文做的笔记——擦得铮亮的桌上，《不列颠百科全书》、《世界自然图书》和《自然史文摘》在我身边逐一铺开。

脸热得通红。邻桌的那个男孩也同样置身于各种铺开的书中，他正盯着我看，我却没法抬眼看他。

尽管如此，我现在还是注意到了他。他的目光有些古怪，却也友好。

我告诉自己，不要抬头看，他不过是在挑逗我。

当时是一九七七年，还是遍地都是图书馆的年代。

那是地处郊外的一家图书分馆，十九世纪时，那儿曾是一位百万富翁的宅邸。资料室的屋顶高高的。几架子的书，金粉标题闪闪发光。明媚的阳光穿过墙上雄伟的八角玻璃窗。坐在那儿的任何一张桌边，你仅能透过像打开的扇子一样的内凹玻璃板看见外面的天。

别抬头，但我的眼睛还是不由自主。

他还在对着我微笑。一个不认识的人：比当时的我大几岁。

既不要对陌生的男人微笑，也不要和他们讲话。不过，这哪是个男人，这是个男孩。

我想知道他是否是圣弗朗西斯德赛尔男校的学生。这是家私立学校，据说学费像大学学费一样贵。那儿的男生，跟我们学校的不一样，他们每天上课必须穿白衬衣，打领带，还得穿夹克。

那种微笑是那样的温柔、亲切，太熟悉了。

就好像，尽管素不相识，他却了解我。就好像，尽管素不相识，我对他却的确有些了解，但业已遗忘。就好像是一场记不起来的梦，无法重获，却又渴望重获。这感觉就像是在一间你所熟悉的房间里摸着黑探索。

他认识我！他懂我。

当时我十六岁，高一。人们说，我比我实际年龄显小——(没对我直接说过)——用成人的概念来解释，不够性感、情感上不够成熟、孩子气。

这并不足为奇。独自一人时，经常会有男孩对着我笑，有时候还是男人。年轻女孩一个人时，总是容易迅疾招来（男性）欣赏的眼光。

不论那人是谁，他既没有看清过我的脸，也没有看清过我的皮肤。

离远点看，我和其他女孩别无二致。或者说几乎差不多。

从正面看，我是那种女孩，她们的亲戚们习惯说，她最迷人的地方就是她的微笑！

或是，要是她能笑笑，哪怕再多一点点——她就漂亮了。

这不是真话，但值得好好揣摩。因此，对于说这些话的亲戚，我试着让自己不要全然地去恨他们。

我确信，自己没见过这个男孩。要是见过，我会记得他的。

我觉得他非常帅。尽管，我几乎都不敢抬头看他。

大多数时候，我留意到的是他的圆圆的金边眼镜——这让他看起来仪表堂堂。显然，眼镜下面的那双眼睛被放大了，但这又让他看起来有一种说不出的温柔。

他的脸棱角分明，头发修剪得十分精心，泾渭分明地分成了两部分。多年前，男人们的发型就是这样的。和他那个年龄的大多数男生不一样，和你在斯特赖克斯镇所能看见的大多数小伙儿也不一样，他穿着衬衣而非 T 恤——看起来可能并不便宜的短袖衬衣。

他对着我浅浅地微笑，看我是否对他心存戒备，或者是否被他吓到了，这办法不赖——够酷。他不会进一步打扰我。

他也在笔记本上记笔记。现在，他继续认真、专注地工作，就好像已经把我忘了。我发现他是左撇子——因为当他伏在图书馆的桌上时，他左臂的胳膊肘处是曲着的，这样他好方便写字。

奇怪的是：他把手表摘下来放在桌面上，这样他只需瞟一眼就能看见时间。就好像他在图书馆里的时间相当珍贵、有限，他害怕它会飞溅出去，被公共图书馆弥散的空气吞噬掉；在那里，那些行为古怪的人——事实上总是男性——就像是被冲上岸来的海洋生物，他们满脸憔悴，一门心思地沉浸于各种参考资料中。

因此，我继续勤奋地做笔记。两栖动物祖先。进化。史前两栖动物：为什么是庞然大物？今天的两栖动物：为什么数量越来越少。

尽量装得浑然不知这一切。这个我并不认识的男生离我不足十五英尺，他对着我就像是对着镜子里的一个人。

我面颊绯红，后悔骑车来图书馆后没有花点时间把头发扎回马尾辫，现在它乱糟糟的，就像是被大风吹过一样。

我的头发是淡褐色的，带点扭结的小卷儿。和这个男生的很像，只不过他是短发。

奇怪的巧合！我想知道有没有更多的巧合。

我一丝不苟地记笔记。要是这个男生抬头看一眼，他会发现我是多么地认真。

……环境突变，世界范围内的小型两栖动物的命运……

……确切的原因尚不明确，但是科学家认为……

……天气、环境的骤变……外来入侵物，诸如菌类……

之后发生的事，太突然了——太令人失望了！不到十分钟，这个带着金边眼镜的男生决定要走了：他站起来——又高又瘦，就像一只鹳——手表滑过他瘦骨嶙峋的指关节，快速地合上那些参考书，把它们放回书架，拽起一个看着不轻的双肩包，看都没看我一眼就出了阅览室。他胶底运动鞋的鞋底在光滑的地板上吱吱作响。

我继续留在原地，为我的地球科学课收集那些不幸濒临灭绝的两栖动物的资料。

你有没有想过从后门出来？以防万一他在前门等你？

你有没有想过这可能也是个不错的主意，要是能再次邂逅这个男生？

当然你没有想到，他的实际年龄可能比他看起来要大。

他可能跟他表面看上去的不一样。

你当然不会想到这个，为什么？

因为你才十六岁。不成熟的十六岁。

一个相貌平平的女孩。一个孤独寂寞的女孩。

一个绝望的女孩。

“嘿。嘿。”

他在图书馆外面等我。

这很让我震惊，既是份安慰，又是个惊喜——似乎从没有发生过这么离奇的事，这真是难以预见。

我以为他走了。他对我没了兴趣便走了，我不会再看到他，就像有时候——经常会是这样，但我并不在意——男人对我的兴趣，刚开始时勃发，而后不知何故融化了、蒸发了，最后消失了。

他却在那里等我，一点儿也不会吓到我：他坐在楼梯最下层的石凳子上，快速地翻阅一本书，这书是他从图书馆里借来的，正打算把它塞进书包里。

看着我一脸的惊奇，这个男生又说了一次“嘿”。他笑得很深沉，瘦削的双颊上显露出深深的小酒窝，就像是刀刻出来的一样。

我羞怯地回了一句你好。心像一根羽毛一样飘忽着，这让我几乎没法呼吸。

我们都羞答答地看着对方。对于我来说，一对一地跟人约会，是种紧张不安的经历。我不知道该怎么办好了。

这种感觉既有不安，又有兴奋，来得如此之快。

这既像是在毫无预兆的情况下把篮球扔给了我，也像是一个冰球沿着球场朝我的方向掠了过来——我想都没想就做出了反应，不曾想过自己是否会受到伤害。

他问我叫什么名字，气势勇敢但并不咄咄逼人。我告诉他后，他重复了一遍“莉兹白”。然后他告诉我，他叫——“德斯蒙德·帕里什。”

没想到的是，他居然伸出手来要和我握手——就好像我们是大人一样。

他像个绅士似的站了起来，开始大笑。闪闪发亮的金边眼镜似乎要滑下来了，他不得不用手掌把它推上鼻梁。

“我想知道你会在这儿待多久。我希望你不会待到图书馆闭馆。”

我局促不安地讷讷道，我在为我的地球科学课论文做研究……

“地球科学！速答：地球多大年纪了？”

“我——我不记得了……”

“多项选择：地球的年龄：(A) 五千万年；(B) 三十六万年；(C) 一万年；(D) 四百亿年；(E) 四十五亿年。慢慢想！”

我努力回想、推断；而他正对着我大笑。

调侃式的大笑。这样的一种方式让我也快乐地红了脸。

“好吧，我知道不可能是一万年。我们可以划掉这个。”

“你确定吗？一万年有可能的，如果考虑到诺亚方舟。你不信诺亚方舟？”

“不——不是……”

“那么，动物们是怎样在大洪水中幸存下来的呢？各种鸟，还有人类？鱼，你能想明白鱼是怎样活下来的，只考虑到鱼的话，毫无问题，但是——哺乳动物呢？那些非树栖灵长类动物呢？它们是怎样活下来的？”

这就像是同时耍六个球，你得费好大力才能跟这个异常有趣的男孩说上话。我发现自己越来越慌张，他变得温和起来，说道：“假若你想到某种生命差不多已经三十五亿年了，那么答案就有了，对吧？——答案是（E）四十五亿年。比起一九七七年十月九日的纽约斯特赖克斯镇，那是个很久远的时间了。离莉兹白和德斯蒙德很久久久了。”

就像是电视上的单口喜剧演员，德斯蒙德·帕里什说得既快又准，双手还做着夸张而有趣的动作。

从没有人把我逗得笑成这样过。就这一会儿，我笑得上气不接下气。

接下来发生的事儿似乎最自然不过了，德斯蒙德陪我走到街边。他比我高一头——至少有五英尺十一英寸。他把他那沉甸甸的双肩背包甩到身后，背在背上，弓着点背往前走。我悄悄地扫视，看有没有人——任何一个认识我的人，看我们俩：那是莉兹白·马尔什吗？跟她一块儿的高个子男生究竟是谁啊？

似乎也是水到渠成的事，德斯蒙德陪着我走到了我停在铸铁栅栏处的自行车那儿。斯特赖克斯镇这些年没什么小偷，人们也就懒得上锁。

德斯蒙德摩挲着我那已经有点生锈的铬合金车把——这是辆英国产赛车，但是不贵，因为只有三个档——他说十二天前的下午，他和他的家人刚刚搬到斯特赖克斯镇时，他看见我骑车了："至少，我认为她就是你。"

我觉得这事够怪的。就好像德斯蒙德真的认识我，我们并非路人。

就这么莫名其妙地发生了，我和德斯蒙德一块儿走在缅因街上。我没骑车，德斯蒙德推着它，我和他并肩走着。他有一双杏仁眼，目光落在我身上，既专注又温柔，让我觉得疲软无力。

我们之间的感觉已经是如此地生动而清晰——就好像我们相识已久。

人们对这种想法嗤之以鼻，他们会大笑不止，但是他们知道的也未必就是真知灼见。

"莉兹白，你可以叫我'德'。我朋友都这么叫我。"

德斯蒙德停住了脚步，低头凝视着我，脸上浮现出若有所思的奇怪的微笑。

“当然，我在斯特赖克斯镇还没有朋友。只有你。”

这话听着太像是奉承人了！我大笑起来，希望他明白，如果他是在开玩笑，我知道他是想逗我开心。

“不过我想我不会喊你‘莉兹’——‘莉兹白’更好。‘莉兹’平民气，‘莉兹白’贵族范儿。你是我在纽约州西部的平民中的贵族朋友。”

德斯蒙德问我家住哪儿，在哪儿上学；说到他自己的时候，他似乎有点自嘲，把自己描绘成一个“被错置了的修饰语，在两种学业中间晃荡”。他这么说为的是让我开心，尽管我并不明白这是什么意思。

每每走到一个路口，我都以为德斯蒙德会停下来跟我说再见；或者我会鼓足勇气打断他那令人愉快的谈话，告诉他我得赶紧骑车回家，我的父母正等着我。

我们路过缅因街上的玻璃橱窗。路人从我们中间穿了过去，他们看我们的眼神并没有什么特别，就好像我们就是一对儿——莉兹白和德斯蒙德。

德斯蒙德的胳膊偶尔碰到了我的胳膊，我胳膊上的汗毛都竖了起来。

我看见他的小臂上有一群小雀斑。我感到一种像是从他皮肤上升腾而出的热流一样的快感，传递到了我离他最近的半边身子上。

尽管我十六了，准确地说，我没交过男友。没交过。

还没有人吻过我。也不完全是。

班里有些男生约我去过一些派对，初中时就去过了。不过，还没有人去家里接过我，我们只是在派对现场碰面。通常情况下，要么就是整个晚上那男生和他的那些朋友一块儿瞎逛；要不然就是我开始犯困，着急着让父亲把我接走。

大多数时候，同男生们聚会时，我总和女生们待在一起。我们不是那种在你看来很受人欢迎的一群人，还没有人单独约过我。更没有人像德斯蒙德这样盯着我看过。

沿着缅因街溜达！十月的星期六的下午！我经常看见女孩们和她们的男友，手牵着手溜达；我当时嫉妒得很，这样的事情永远不会在我的身上发生。

当然，我和德斯蒙德没有手牵着手。还没到时候。

我们的身影在身旁的商店玻璃窗上像幽灵似的移动、飞逝——瘦高的德斯蒙德·帕里什，一头修剪得极短的头发，男生眼镜；我，莉兹白，在他身旁，挨着商店玻璃窗更近，以至于看起来就像是德斯蒙德笼罩着我，保护着我。

缅因街和格伦威尔街的交口处到了，这是个从德斯蒙德手中取过自行车、骑车回家的好机会。德斯蒙德却建议，我们不妨停下喝杯可乐，或者吃个冰激凌——“这要是在意大利，每五百英尺就会有冰激凌店，我们能挑到口味很正的。”

我从没去过意大利，以为冰激凌就是美国的吉露果子冻。

在德斯蒙德看来，这周围只有那家甜品小铺还有些“特点”——“气氛”，这是一家精巧的与众不同的冰激凌糖小店。我们在货摊边坐下，货摊挨着一堵墙，墙上有模糊不清的镜子。我们俩都要了两勺黄油开心果焦糖——这是德斯蒙德挑的，他给我也要了这个，还慷慨地付了款，并把一张十元的钞票抛到桌上给了女服务员：“给您的小费，请收好。”

那个女服务员，不比我大多少，即使德斯蒙德抛给她一张五十元的纸币，她也未必会有这么大的惊讶。

在这个甜品店，小费并不多见。

接下来的四十分钟里，大多数时候是德斯蒙德在说话。他坐在我对面，身体前倾，胳膊肘撑在黏糊糊的桌面上，双肩下垂，脖子上的筋拉得紧紧的。这时候，我开始眩晕，就像是被人施了催眠术——我从未感觉到自己在谁的眼里是如此的重要。

德斯蒙德问问题的时候既温柔又热情，他的大多数问题都和我有关。我们一家人一直都住在斯特赖克斯镇吗？我父亲是干什么的？在学校，我最喜欢什么课？还有谁是我最喜欢的老师？——虽说斯特赖克斯镇中学老师的名字对他来说没有任何意义。他还问了我的生日，我的回答（一九六一年四月十一日）似乎出乎他的意料——“你看起来显小”——可能在那么一刻他失望了；不过随后他即刻便又露出了带着酒窝的微笑，就好像他原谅了我似的，或者说他找到了一种可以接受我的年龄的方法，“——你可能，像，十三。”

事实就是这样，不过我从没有想过这是某种优势。

“当生物‘成熟’了，生命就变得复杂了——从本质上讲，一具物理身体器官的目的是带来另一具物理身体。如果你不希望是这样，那么‘成熟’就是个讨厌鬼。”

我笑了，为的是让德斯蒙德觉得我听懂了。或者说，我认为我明白他在说什么。

尽管我并不确定这有什么好笑的。

我说，“妈妈说我不用着急——当我‘准备好了’，我就会成长了。”

“莉兹白，这说的是当你的各种基因‘准备好了’。但是它们可能有它们自己的神秘计划。”

德斯蒙德告诉我，他们家是居住在马萨诸塞州马布尔黑德的“风流云散的北欧人”的后裔；他在牛顿市出生，在那儿上的小学；之后他被送到了马萨诸塞州布莱汉姆的一家“专门针对上流社会的、典型英格兰式的、脂粉气十足的”私立学校——“你知道布莱汉姆在哪儿吗？在米斯卡特尼克山谷的正中心。”不过，他们家似乎还在国外待过——苏格兰、德国、奥地利。他父亲——“帕里什博士”——（德斯蒙德把这个音发成“帕里什博茨”，借以暗示他觉得这样的头衔是多么的华而不实）——帮助建立了与“全球”制药公司有联系的欧洲研究中心——“中心的名字我不能说，不能说的原因我也不能说。”

德斯蒙德在开玩笑，却也是当真的。他把食指放在紧闭的嘴唇上，就好像是要我发誓保密。

最终，在下午的晚些时候我们分了手。德斯蒙德说，他希望能够尽快再见到我。

好，我说。我也希望是这样。

“我们可以一起散步、徒步旅行、骑车——一起读书——我是说，大声给对方念书。我们没必要总是聊天。”

德斯蒙德问我要了电话号码和住址，却又没有用笔记一下——“莉兹白，它已经深深地印我的记忆里了，我永远也不会忘。等着瞧吧！”

我有男朋友了！

我的第一位男朋友。

这就像是我的一张通行证，通往一个精彩绝妙的世界。而之前，我只是远远地瞥一眼。

他憎恨打电话，他说：“‘只闻其声不见其人’，这让我觉得自己的感官出了问题。”

他更喜欢当面聊天：放学后，在我家。

譬如，我们初次见面后的第二天，他没给我打电话就骑车去了我家，然后我们在后院的红木露天平台上聊了两小时。他的出现很随意，骑着一辆有多个变速档的新款意大利自行车，头上戴着个闪闪发光的黄色头盔——“嘿，莉兹白：还记得我吗？”

母亲懵了。我还没有把我前一天的偶遇告诉她，怕的是以后不会再看见他——这的确够让人吃惊的，她相貌平平的稚嫩的小女儿居然有一位像德斯蒙德·帕里什这样的访客。

母亲来到屋外的露台上见他，又瘦又高还显“成熟”的德斯蒙德腾地一下起身：“马尔什夫人，很高兴见到您！莉兹白已经给我讲了很多关于您的趣事。”

“‘趣事’？关于我的？真的吗？什么事——？”

这够滑稽的——（的确，我认为这够滑稽的）——母亲一点儿也不知道德斯蒙德是在开玩笑；母亲也不知道，他和母亲握手时的殷勤备至——让她吃惊的另一件事，同样是他的狡黠的玩笑。

不过德斯蒙德甜美、有趣、亲切——就好像此刻他正在调侃的这位成年女性是他的一个亲戚：或者他自己的母亲，而且他还会在其他的时刻调侃她。

“您相信缘分吗，马尔什夫人？一种宇宙理论认为，任何事情都事出有因——没有什么是巧合。我们在这儿见面，一九七七年十月十日下午两点二十四分，三个人一块儿，这是从时间的一开始就注定了的，大爆炸时设置好了这一切。所以，我们才觉得这种感觉棒极了。”

女儿的这位新朋友与她之前领到家里的男、女朋友都不一样，这让母亲来了兴致。她拉过来一把折叠式躺椅，同我们坐了会儿；德斯蒙德·帕里什无意中提到，他的父亲是位“做研究的科学家”——有约翰·霍普金斯大学的医学博士学位——是一家距斯特赖克斯镇四十分钟车程的“全球”制药公司罗切斯特市分公司的新地区总裁。这让母亲记忆深刻。

母亲马上问道：“在罗切斯特？是诺德制药吗？”

这家公司在过去的几年里曾屡屡见报，德斯蒙德似乎并不愿意承认他父亲与这家巨头公司有联系，正如他似乎也很不乐意告诉母亲他家搬来斯特赖克斯镇的具体住址。事实上他家不住城里，而是位于城北城乡接合处的一个叫塞尔万·希尔斯的封闭社区。

“那儿一定美极了。我从外面看到过一些房子……”

“马尔什夫人，从外面看，可能是最好的观看角度。”

母亲是个招人喜欢的人，从没有人说过她善于社交或者工于社交；不过，我看到她的眼睛仍然上下打量着德斯蒙德·帕里什，她注意到了他梳理整齐的头发，新刮过的瘦削的下巴、擦得铮亮的眼镜、新洗过的口袋上印有小鳄鱼的运动衬衣；注意到了表盘又大又精美的帅气手表——（德斯蒙德给我展示过，这块表不仅可以显示时间，还有天气、日期、潮汐、气压，还可以用作指南针）——以及他剪得短短的、干干净净的指甲。

“德斯蒙德，你应该尽快来我们家吃顿饭！什么时间也得见见你父母！”

“是的。您说得没错，马尔什夫人。会的。”

德斯蒙德礼貌地回答，只是稍显生硬。我感受到了他对母亲理所当然的邀请的断然拒绝，不过母亲对此似乎毫无察觉。

他随身带来了宝丽来照相机，装在背包里。就剩下我们俩时，他给我拍了几张照片。拍照的时候，他透过取景器斜着眼睛看我，相当平静。偶尔才说一句——“求求你。别动！眼睛看着我——注意力别分散。看至内心。”

我对照相这事觉得非常难为情。我很想举起手来捂住脸。

我家的金毛犬罗洛就躺在露台边上，这是一条上了年纪的狗，毛是暗褐色的，眼睛总是一副睡不醒的样子；他最初对德斯蒙德充满了好奇，之后就没兴趣了，又睡着了；现在，德斯蒙德开始给我照相，他活跃起来，小心翼翼地晃着尾巴，走上前来，把他重重的头放在德斯蒙德的腿上，这种信任真是超出意料。德斯蒙德轻轻地拍着他的头，抚摸着他的耳朵，看起来似乎这条狗深深地打动了他。

“罗洛！‘罗洛·梅’铭记在我的DNA里了。莉兹白，这就是命运为什么把我带到了斯特赖克斯镇。从‘大爆炸’时开始——向前——来到了你的身边。”

我们在休伦堡公园徒步旅行。我们还曾沿着湖边的纤道骑车。那儿有一家租赁船只的，有划艇，还有独木舟。我冲动地说，“德，咱们租条划艇吧。求你了。”

这个湖被称作小休伦湖。早年，父亲曾带着我和克里斯汀在这儿坐过划艇，现在想起来仍记忆犹新、令人兴奋。这几年没来过了，我很是奇怪地发现可供租赁的船相当地少。

仿佛一个想法，就像宝丽来照片一样，正在他的脑海里成形。看起来正在思考的德斯蒙德慢吞吞地回答道：

“别划艇了，莉兹白——租条独木舟吧。划艇灵活性不好。独木舟更——灵敏。”

德斯蒙德像成人拉小孩的手一样拉起了我的手，陪我走到了船只租赁处。这是他第一次在公共场合以这样的方式牵起我的手——他的手指强壮、坚硬，握住了我整个的手。那一刻我有那么一点头晕目眩的感觉，我以为，这就是生活！这就是生活的真面目。

其中的一条独木舟上坐着一对恋人，女孩坐在船头，男人在船尾挥舞着桨。女孩红褐色的头发在阳光下闪闪发光。独木舟在波浪里起起伏伏，女孩发出吓怕了的但并不大的叫喊声，尽管你看得出来那条独木舟并没有要倾翻的危险。

“我想，我害怕独木舟。我从没坐过。”

“从没坐过！”

德斯蒙德大笑起来，声音很高，笑声中透着兴奋劲儿，可能还带着点焦虑。显然，这对于他来说也是一次历险。他蹲在小码头上检查每一条独木舟，向里面窥探，像盲人感受一只船那样轻轻地敲击船帮，以此确定船是否牢靠。至少，我当时以为他一定是在做这个。

“印第安人当然是用木头造独木舟。造型如容器，结构精美。有些小，仅容两个人——就像这些。有些长达二十英尺——用来打仗。”

租船的人过来了，一个矮壮的留着胡子的男人。他对德斯蒙德说了什么，我没太听清。德斯蒙德似乎泄了气，他接下来的反应既突然又奇怪——他站起身，走到我身边，抓住我的手，再次把我朝前拖，这次是离开船只租赁处。

“换个时间吧。今天不是时候。”

“那个男人跟你说什么了？有什么问题吗？”

“他说——‘时机不成熟’。”

德斯蒙德似乎在发抖。他的脸变得苍白、暗淡。嘴角下拉，抽搐。

我不相信那个租船的人对德斯蒙德说的真的是“时机不成熟”——但我知道，即使我质问德斯蒙德，我也问不出什么新东西来。

“即使我死了，那也只是暂时的。会有新的生命诞生。”

“是再生吗？”

“是！因为我们的精神会不朽，即便我们的身体化为黄土。”

德斯蒙德摘掉金边眼镜看我。他是近视眼，眼睛大大的，清澈见底。他的脸上泛着一种温柔，当他以这样的方式跟我讲话时，我会觉得晕乎乎的，心中充满对他的爱——尽管我从不知道他说的是真话还是反话。

“我还以为你是个怀疑主义者呢——你说过的。再生不是非科学吗？我们地球科学课的老师说过——”

“老天啊，莉兹白！你们的自然老师不过是纽约斯特赖克斯镇一个中不溜的公立学校的老师！别再说了。”

“但是，如果有再生，”我继续说道，因为弄明白这一点似乎太重要了，“——所有那些另外的‘灵魂’都是从哪儿来的呢？地球人口比过去多得多了，尤其是和几千年前相比……”

德斯蒙德只轻轻地挥了挥手就把我的质疑给驳回了。

“再生是实际存在的，不管你能不能理解。我们从来就不是完完全全地‘新’生——我们继承了祖先的基因。这也是为什么我们中的一些人，虽然初次见面，却并非是第一次见面——上一世我们已经认识彼此了。”

这是真的吗？我希望真是这样。

伴随着德斯蒙德的言说，我开始越来越相信这个了。

“我们能够一眼就认出‘灵魂伴侣’。当然是因为这个‘灵魂伴侣’是我们在其他世的最亲密的朋友，即便我们记不清了。”

德斯蒙德拿出他的宝丽来相机，坚持要让我以休伦堡公园僻静一角的火红的漆树为背景拍照。一个温和的十月的周六，我们曾骑车去过那个地方。

每次和我在一起，德斯蒙德都要拍照。有些照片他给我了，但大多数照片，他都自己留着——作为“纪念”。

“照片是对已逝时光的纪念——进入遗忘。这也是为什么有些人拍照时从不笑。”

“你不笑是因为这个吗？”

“是的。一张笑着的照片会是一个玩笑，当它已经成为身后物时。”

“身后物——怎么会？”

“譬如，讣告上贴的。”

他的确不笑，我曾试图用我的小柯达相机给德斯蒙德拍照，但他拒绝微笑。试了一次后，他用手捂住了脸——“够了。摄影师讨厌人们给他照相，真的。”

另有一次，他神秘兮兮地对我说，“公众世界里有一些我的照片，很不雅观，照这些照片时没有征得我的同意。你给人照相时，倘若用的是胶卷相机，某人可能会占有那些照片，对它进行复制。这就是为什么我喜欢用宝丽来，照片独一无二，仅此一份。”

给我照相时，德斯蒙德给我“摆姿势”——他紧紧地揪住我的双肩，让我站在“该站的地方”。他经常把我的头轻轻地转过去——他用长长的手指把着我的脸，倘若我反对，他就使强劲，倘若我听话，他就温柔多了。

德斯蒙德询问过我的家庭——我的“祖先”，不止一次。

我把自己知道的都告诉他了。我怀疑他是在戏弄我。

我跟他说过好几次了，我就只有一个长姊——姐姐克里斯汀。要么是德斯蒙德忘记了这个微不足道的事实，要么就是他对姊妹这个话题尤为关注。

他对克里斯汀很好奇——他想“见见”她——（远距离地看看）——“没必要见面。”然而有一次，德斯蒙德碰巧和克里斯汀遇上了。当时，我和他推着自行车穿过人行天桥，去往休伦堡公园方向。克里斯汀和她的两个朋友，迎面而来。

那会儿，克里斯汀二十岁，在威尔士大学上学，周末才回家。

“克里斯汀！我听过有关你的很多事了，”德斯蒙德一边说，一边猛力地摇着姐姐的手，“——莉兹白一直在谈论你。”

这样的话，在我母亲那儿很中听，不过对于克里斯汀来说，就反响平平了。她一脸惊讶地瞪着德斯蒙德。

“是吗？我不信。”

克里斯汀酷酷地说。她勉强挤出一丝微笑。她没打算把德斯蒙德介绍给她的朋友们——（她高中时的女同学）——她们也盯着赫然出现的又高又瘦、局促不安的德斯蒙德，他正对着她们尴尬地笑。

我生克里斯汀和她的朋友们的气：她们的粗鲁。

她们嫉妒我。嫉妒我有个男朋友。

她们不想让我幸福，她们希望我和她们一样。

之后，德斯蒙德问起克里斯汀：她总是这么不友好吗？

“是的。我想——不！并非总这样。”

“她似乎不喜欢我。”

德斯蒙德若有所失地说。不过我认为他的话里藏着怀疑，甚至是愤怒。

我说，“自打她离开家上大学，我们的关系好多了，不过以前比较紧张——我觉得很辛苦——当她的妹妹。克里斯汀很挑剔、专横——爱挖苦人……总以为她知道什么对我是最好的……”

或许这并不是全部的事实。我姐姐真的也爱我，她要是听到这些话会伤心的。因为尴尬，我双颊生疼。克里斯汀并没有像我之前所向往的那样对德斯蒙德有那样深的印象，或者说像德斯蒙德所向往的那样。

她应该是嫉妒了！就是这个原因。

德斯蒙德说，“她看我就好像——好像她‘了解’我。但是她并不‘了解’我。一点儿也不。”

后来他又说，“我是独子。这就是为什么我命中注定要做一个局外人，一个独来独往的人。为什么我最喜爱的作家总是亨利·戴维·梭罗——‘我家邻居们觉得的好东西，我打心眼里认为大部分都不好。’”

回到家后，克里斯汀说：“这就是德斯蒙德·帕里什？妈妈跟我说过他，不过他一点也不像妈妈说的，或者你一直说的——全都是表演。你没看出来吗？”

“表演——怎么这么说？你什么意思？”

“我不知道。他身上有什么东西不对劲儿。”

“怎么——‘不对劲’？他人很好……”

“跟我说实话，你在哪儿碰上他的？”

我告诉克里斯汀我在哪儿遇上的德斯蒙德。我告诉她，他是如何向我解释的——艾默斯特大学，他爸爸上过的大学，已经为他提供了奖学金，不过在他的请求之下，又推迟了一年入学。

克里斯汀继续以一种在我看来满是冒犯和居高临下的态度盘问我有关德斯蒙德的情况。我对她说，她一点儿也不了解德斯蒙德，我们单独在一起时他是多么的聪明、风趣、体贴——“我觉得你就是嫉妒。”

“嫉妒！我没有。”

“我觉得你有。你见不得我幸福。”

克里斯汀被激怒了：“我为什么要因为他而嫉妒？他是个怪人。他有一双奇怪的眼睛。我敢打赌，他比他说的年龄要大——他至少二十三了。”

“德斯蒙德才十九！”

“你知道这个——怎么知道的？”

“他告诉我的。他刚上完高中，该上大学了，这中间休了一年——他今年该去艾默斯特大学的，但推迟了。”

“今年？还是哪一年？”

“我觉得你不可理喻，卑鄙。”

“我还想过——我也不会吃惊——如果他是同性恋。”

这话对我来说仿佛惊天霹雳。然而在某种程度上，也并非全然的惊讶。

不过，我并不想让克里斯汀知道我的想法。我怒不可遏，几乎把她推开。

“克里斯汀，你知道的——我恨你。”

之后，让我懊恼的是，我无意中听到克里斯汀和母亲以一种严肃的口吻在谈论这个同莉兹白“闲逛”的“怪小伙儿”，在她看来，他“不对劲儿”。

母亲不这样认为：“我觉得他很好。他很有教养。你希望妹妹有朋友，难道不是吗？”

“她有朋友啊。她有不错的女朋友。”

“你希望她交个男朋友，不是吗？她都十六了。”

“虽然是他追的莉兹白，可她看起来这么小，而且”——说到这儿，克里斯汀犹豫了一下，我知道她要说的是我既不漂亮，也不迷人，只有哪个不正常的男生才会对我感兴趣——“她也不是人们通常所说的‘经验丰富’——这事在我这儿就觉得有些蹊跷了。”

“克里斯汀，你这么说不公平。我和德斯蒙德聊过几次，他很招人喜欢。他和这儿的高中男生们一点儿也不像——谢天谢地。我希望什么时候能请他吃个饭，还有他的父母。我想这对于莉兹白来说，是件很不错的事，一件极好的事。”

“千万别是我在的时候，求求你了！别把我算在内。”

“我几乎不能不这么想，克里斯汀，你有点儿嫉妒你妹妹。我所遇见过的你的朋友中没有一个能与德斯蒙德·帕里什相提并论的……”

“他不对劲儿。我觉得他是同性恋。不对劲儿也好，同性恋也罢，只是别拐着我妹妹斯混，拜托！”

“好了，克里斯汀。你的态度已经很清楚了。”

“我是关心她，没一点坏心。”

“好了，我认为莉兹白能够照顾好自己。而且还有我看着呢。”

克里斯汀嘲弄似的笑了，就好像她并不相信母亲的观察能发挥多大作用似的。

“梦！里面藏着巨大的神秘。”

我们在红木露台上，几步开外处是罗洛。他平躺在那儿，晒着太阳，睡着了。他的爪子在抽搐，灰色的鼻子在翕动，仿佛沉睡中的他正在努力爬行。

“动物会做梦。你能观察到的。在他的梦里，罗洛认为他正在奔跑，可能在狩猎。猎犬会工作、会狩猎。倘若养他们却不让他们派上用场，他们会伤心，会感到失落。他们觉得自己灵魂的一部分已经不存在了。”

德斯蒙德说得如此的确定！我从没这么想过罗洛。

他说，“日有所思，夜有所梦。换句话说，梦是弗洛伊德所说的‘愿望满足’。有两层意思——梦是愿望的满足，但这个愿望可能就只是睡着别醒来。这样的话，这样的梦会让人误以为自己已经醒了。”

“那为什么会有噩梦？”

“再明白不过了，为了惩罚。”

惩罚！我从没想过这样的事情。

“跟我讲讲你的梦，莉兹白。你还没讲过呢。”

他的话里带点轻微的责备。德斯蒙德现在经常用责备的口吻和我讲话；就好像我们够熟悉了，他没必要解释他的情绪。

我怀疑这一切的罪魁祸首是和克里斯汀的见面。他知道姐姐没有站在他那边。

我不知道该说什么。回答德斯蒙德的问题就像在学校回答老师的问题：有些老师，尽管装得并不在乎，却希望你准确地答出他们想要的答案；倘若你偏离到了别的方向，他们就会对此不满。

“好吧——我不知道。大多数时候，我不太明白我做的那些梦。小的时候，我以为梦是真的——我会把它们像真事一样记住。我经常做这样的梦，努力奔跑——绊住了，跌倒了。我拼命地努力，想到达哪儿，但是我失败了。”

“你梦里有谁？”

“谁？哦——谁都有可能，有时又没人。还有不认识的人。”

我俩紧挨着，坐在我家红木露台的柳条秋千沙发上。当我独处时，一想到德斯蒙德，我就想入非非；我俩在一起时，我们之间总会发生尴尬的事情。德斯蒙德既不曾用他的臂膀揽过我的肩头，也不曾牵过我的手，只有在攀登陡峭的山道时，他才会搭把手帮帮我；他也不曾把脸紧贴着我的脸，尽管分别时他会“吻”我——用他的（冷冷的、涩涩的）双唇蜻蜓点水似的贴贴我的脸蛋或者前额，但就像是成人在亲吻一个小孩。

克里斯汀的所言或许能够解释这一切，但我不想像她那样去想这件事——德斯蒙德之所以会看上我可不是因为这个。

但随后的问题是——他为什么会看上我呢？

当时的他把我的梦境当成一个重要的话题进行讨论。为什么会这样？

我跟他说过，我所记得的梦没有什么与众不同的——“每夜都做不同的梦。有时候，就像是出了故障的电视，只有些事物的碎片和残渣。除非我做噩梦……”

“什么样的噩梦？”

“嗯——我不知道。总是让我晕头转向、提心吊胆。”

德斯蒙德死盯着我，这让我感到不安。

“你最近做过什么样的梦？有什么特殊的吗？”

这该如何回答是好？我不确定。人不可能记住当你一醒就化为泡影的梦的。

“嗯，我想，有几次，我可能梦到了——你……”

我不确信这是不是真的。不过这似乎是德斯蒙德所期待的答案。

“真的吗？我！我在干什么？”

“我——我不记得了……”

身影太模糊了。我记不住脸长什么样。不过手向上举着，就好像在祈祷，也可以说是警告。离我远点。别过来。

“你什么时候开始做这个梦的？遇到我之前，还是之后？”

德斯蒙德紧抓着我的手臂，他没有意识到他这般挤压我，我有多疼。

要说德斯蒙德·帕里什很少碰我，也不对：此时此刻，他就碰了我。

除非这看起来不是碰而是——别的什么。

我希望母亲这时候会出来给我们拿点喝的过来，她有时候会这么做。不过母亲可能不在厨房，而是在屋子的别处。

德斯蒙德来访，事先总也不打电话，所以也就没法知道他什么时候会来。即便我想家里留人，也没有办法提前安排。

在我们的这场友谊中，我愿意这样去理解它，德斯蒙德总是做决定的那个人：什么时间见面，去哪儿，做点什么。如果德斯蒙德在别处忙着，如果他时不时地有自己的私人“事情”要忙，他就不会露面——我没有他的电话号码。

他外出时总带着宝丽来相机，我不喜欢这样。

“在碰到我之前，你梦到过这个吗？那才够疯狂的。”

“我——我不知道。我想那是另一个晚上……”

“跟我讲讲，莉兹白。把你的梦告诉我。就当我是你的分析师，你是我的分析对象。这会很酷的！”

我努力地认真地去回忆一个梦，一个前一天晚上做过的关于水下的梦，它在我的记忆中慢慢地成形，就像一个图像在宝丽来打印纸上由模糊到清晰逐渐成像。这时候，德斯蒙德给站在他身旁的战战兢兢的我照了几张相。

“有一个湖，黑色的湖……有很多奇怪的树，看起来相互缠绕在一起，一头扎进水里生长，就像是一堵厚实的墙……我们乘着独木舟……我想那可能是你，在划桨……但我不完全确定我是不是和你在一起。”

“不是你？你什么意思？那是谁呢？”

“我——我不知道。”

“傻瓜！你怎么可能做了个梦，梦里又不是你自己？除了我和你，还可能是谁，在米斯卡塔尼克湖面上划着独木舟？我要请你到我们家去做客——一定要去。”

德斯蒙德的声音变得迷离起来，他正透过相机取景器看我。

咔咔咔，咔咔咔！他继续一边问我，一边拍照片，直到我用手捂住了脸。

“对不起！不过我认为，这几张很棒。”

我问德斯蒙德做过什么梦，他耸耸肩，没回答我。

“不知道。我的那些梦都被人夺走了，就像我的驾照。”

“你的梦怎么会被人夺走呢？”

“你最好去问问那些医生们。”

我记得德斯蒙德的父亲是个博士。但是此刻，他说的是医生们。[1]

我怀疑德斯蒙德是不是服过什么药？我知道有一类“精神”药，会完全地抑制人做梦。人的大脑会因此变得茫然——一片空白。

德斯蒙德看了相机里出来的影像，不管他看到了什么，他决定不讲出来，一言不发地把照片放回到包里。

我说，他再也不做梦了，这似乎有些悲哀。

德斯蒙德耸了耸肩说：“有时候，不做梦更好。”

那天离开时，德斯蒙德的大拇指轻轻地滑过我的额头，落在太阳穴上。有那么一刻，我以为他会亲吻那儿，我的眼皮颤动着，期待着——但是他没有。

“你还小呢，你的梦不会伤害你。”

我想这可能是个错误，但是母亲可能已经迫不及待，听不进任何劝了。

她邀请德斯蒙德和他的父母来我们家吃饭。德斯蒙德脸上的微笑僵住了，就好像他眼睛后面的脑壳里突然疼了几下，他迅速

---

① 原文英语“doktor”既有“博士”的意思，也有“医生”的意思。

地回绝道："谢谢您，马尔什夫人。您真是太慷慨了。只是我父母现在太忙了。我父亲可能还在旅行。而我——现在——这不是——好时机。"

几天之后，母亲再做邀请，德斯蒙德以同样的方式予以回绝。我为她难过，也为德斯蒙德心神不安。尽管就我们俩时，他问过有关我家庭、有关我的很多问题，不过很显然，他并不愿意见他们；他也不愿意让他的父母见我们中的任何一人，哪怕是莉兹白，这个他声称他所深爱的灵魂伴侣。

十月末的时候，德斯蒙德把他的小提琴带来了我家，给我和母亲拉琴。

那是一段美妙的时光！至少，它的开始是美妙的。

德斯蒙德指尖的小巧而精美的乐器看起来就像是孩子用的小提琴。"小莫扎特——初学者用的。"

拉琴的时候，德斯蒙德闭起了双眼，一直咬着下嘴唇。他最初只是把弓试着划拉了一下琴弦，随后就有了自信。美丽的乐音在我和母亲身边飘荡，我们坐在那儿听，陶醉其中。

我们对业余的小提琴演奏并不陌生——斯特赖克斯镇有独奏会，我和克里斯汀都学过钢琴。

可能是有些音没拉好。也可能是琴没有调好音。德斯蒙德自己似乎也很不满意，他把那些章节又拉了一遍。

母亲说，“德斯蒙德，这太美妙了！你学了多久了?”

“十一年了，不过是断断续续的。我最后的那位老师说我有天赋——成为一名业余的。”

“你现在还上课吗?”

“不。在这儿就不上了。”德斯蒙德的嘴咧了咧，淡淡地笑了。这个问题也就是随便问问，没必要认真，但他似乎要认认真真地对待。“我现在住在斯特赖克斯镇，而不是罗切斯特。这儿也不是慕尼黑，也不是里亚斯特。”

他的意思是斯特赖克斯镇没有优秀的小提琴老师。

母亲又待了会儿，听德斯蒙德拉了会琴。显然，她喜欢待在德斯蒙德身边，胜过待在她自己的朋友身边。我认为母亲是我们这边的。

母亲走后，德斯蒙德又拉了一支美妙的曲子——“这是改编成的小提琴曲。改自《特里斯坦和伊索德》[①] 的‘爱情－死亡’主题。”

尽管德斯蒙德拉得不尽完美，不过，曲中感情部分的力道是没有问题的。我觉得我深爱着德斯蒙德·帕里什——这可能是我人生的最纯真的爱。

德斯蒙德放下弓，对着我微笑。金边眼镜后边的双眸是那样

---

① 德国作曲家瓦格纳的歌剧。

的真诚和热切。

“现在，你来试试，莉兹白。我可以教你。”

“试试？拉——什么？”

“几个音符。只需要——照我说的做。”

“但是——”

“你上过小提琴课。那些技巧会回到你手上的。”

可是我没有上过小提琴课。我只跟德斯蒙德提过，从六岁到十二岁我一直学钢琴，但是我天分不足，因此我放弃时没有人反对。

我拒绝这么做，我拉不了小提琴！这个乐器和钢琴截然不同。

“你上过音乐课，这才是要点。那些音符，音符间的各种关系——是音乐的原则。来吧，莉兹白——试试！”

德斯蒙德把那件纤巧的乐器架到我的左肩上，一只手抓起我的手，握紧了弓。

德斯蒙德捏紧了我的手指，让琴弓在琴弦上笨拙地动来动去，发出刺耳的刮擦声。

“谢谢你，德斯蒙德。但是——”

“莉兹白，我能教你。我所知道的一切，我都要传给你。”

“但是——这不太现实……”

德斯蒙德严厉地说：“看着。演奏乐器要耐心、多练，还要有信念。它并不需要巨大的天分。不要拿它当借口——你有天分的。当然你不是才华横溢的那种——那不重要。”他这么说着，就好像这其中的道理是不言而喻的：只要听话，就一定能学会。

“我们可以一块儿拉。一人一个小提琴。我们可以开一个独奏会——人们会为我们鼓掌！只要耐心。”

小提琴刺耳的刮擦声和德斯蒙德粗鲁的说话声，使得几步之外的罗洛抬眼看了看我们，满眼的焦虑。

德斯蒙德满脑子想的都是“指导”我。我之前没发现他性格中的这一面——现在他一点儿也不温柔了，一副一切由他做主的神气。从他的腋下飘出了汗水的味道，他的前额也油乎乎的一片。我能够听见他急促的呼吸声。我们挨得这么近，不但不让人觉得舒服，反而让人觉得害怕。美妙不再，一切开始转向心烦意乱。我是真不想跟他学拉小提琴，也不想跟任何人学，可我似乎又无法向这个固执的年轻人解释这其中的缘由。

我努力扭动身子离开，他用劲儿按住我的手——他居高临下，他的笑容似乎也变得充满了敌意。

“天啊，你都没有试一试。你为什么就放弃了。”

听到德斯蒙德的说话声，母亲在门口出现了。

德斯蒙德迅速地道歉，结结巴巴的。之后，他从我手中取过闪闪发光的小号小提琴，走了。

我和母亲看着他远去，浑身发抖。

“莉兹白，我听到的那个声音——我发誓，不是德斯蒙德的。”

这之后，我和德斯蒙德之间似乎就有了些许的变化。

他不再给我打电话，并开始在一些我意想不到的地方出现。而在此之前，他从没做出过任何努力以便在上课之前见我一面，他只是在我放学后才见我，而且一周最多一两次。我现在发现，早上八点我上学的时候，他会站在对面的街上观察我。倘若我羞怯地向他挥手，他并不会挥手回应我，而只是转身离开，就好像根本没看见我。

“那是你男朋友吧？他在做什么？”——我的女朋友们会问。

“我们闹别扭了。我想他是想做些补救。”

我尽量说得随意些。我希望人们感觉不到我的嗓音在颤动。

女孩会这么说，难道不是吗？——有男友的女孩，当她遇到和我一样的情况时？

我这才明白，其实我并不知道有个男朋友意味着什么。

我更不知道，我们会闹别扭。

放学后，德斯蒙德开始在教学楼附近出现。他之前不愿意这么做，现在的他似乎并不介意身处高中生中。涌动的人流与他擦肩而过——德斯蒙德就像块岩石似的，纹丝不动。他等着我，然后盯着我看，不苟言笑；而当我走近他时，他也只对着我轻轻地摆摆手——就好像我们并不相识。

那些日子里，我养成了一放学就赶紧回家的习惯，既不开会也不打曲棍球。放学铃一响，最紧迫的事情就是离开学校。我不想总向我的朋友们解释德斯蒙德。我不想老跟她们讲，我得赶紧，因为我的男朋友不想看到我跟你们在一起。

之前，德斯蒙德没一点儿兴趣看我打曲棍球，现在他有时候会来看我打比赛，甚至是练习。他不是和我们的观众（通常没几个人）一起坐在观众席上；他喜欢一个人远远地站在球场边上，既可以随时漫步却又不被人发现——当然也会有人注意到德斯蒙德，尤其是我会。

“莉兹白，你什么时候把德斯蒙德介绍给我们？”

“他是那种——令人嫉妒的类型？”

“他看起来像是个预科生！看着家境不错。”

“他看起来有点大，像——至少是大学生？”

这是够让我兴奋的，我的朋友和队友们知道了那个不合群的又高又瘦的男生是我的男朋友——但是也有让我沮丧的，他们一定会在背后嚼舌根，猜测甚至为我担心。

他一定有什么秘密，不过莉兹白不会说的。

说不准莉兹白也不知道！

你觉得他是不是在虐待她？你明白的——也可以是心理的。

最近，莉兹白有点变了。

有人认识他吗？他的家人？

他们是新搬来斯特赖克斯镇的。莉兹白说的。

看得出来，她为他魔怔了。

或者说有点魔怔了。

你觉得他对她也这样吗？

“或许我是在考虑，我会再次推迟入学——等你。在去上大学之前，我可以自己先做很多实验。假如你没法考入艾默斯特大学，或者说要是你付不起学费——我父亲可以帮你一把。你意下如何？”

第一次时，我对德斯蒙德撒了谎。

随后，第二次时，我又对德斯蒙德撒了谎。

他不再来学校等我了，但是下午六点左右他会去我们家。像以往一样，轻轻地敲后门，那个门通到外面的红木露台。我走到门口告诉他，我当时没法招待他——“我妈妈有件重要的事情需要我帮忙。这件事很重要，我得帮她。”

“不能等会儿吗？或者——我能等会儿吧？这件‘重要的事’得多长时间？”

我是如此的焦虑，甚至都没有邀请德斯蒙德进到屋里。我也不想出去到露台上，因为那样的话，对于我来说，要想抽身离开德斯蒙德、回到屋里会更难。

天上下着冷冷的细雨。空气中弥漫着湿湿的腐草的味道。

德斯蒙德骑自行车来的。他穿着亮晶晶的黄色雨衣，戴着圆锥形的雨帽，看起来既滑稽又让人害怕，就像是科幻恐怖电影里的外星人。

“我说了我不能，德斯蒙德。现在不合适……我爸爸很快就会回来，今晚我们得早吃饭。发生了某种类似于家庭危机的事情，但我不能告诉你是什么——我住在养老院的，亲爱的奶奶……”

这些话足以打退德斯蒙德。他没再追问什么，带着一抹受了伤害的假笑退却了。

“那么晚安，莉兹白！祝你有个幸福的家庭危机。”

这句风凉话在我的记忆中久久不散，这种感觉，就像嘴巴里有什么东西腐烂了一样。

我认为他当时是恨我的。我当时已经失去了他。

我想感谢上帝！他会再找别人的。

之后发生的事：德斯蒙德·帕里什从我的生活中消失了。

他再没来过我家里。他也再不去学校等我放学。他之前很少给我打电话，现在更不打了。

虽然分开了，我仍然能感觉得到他的愤怒。

我的不听话侮辱了他。他是如此的敏感，换作别的男生几乎不会注意到这个。但是，当然，德斯蒙德·帕里什不是别的男生。

我为自己把他拒之门外感到后悔。我想这可能是我这一生中所犯下的最糟糕的错误。地球科学课两栖动物论文发下来了，我看见第一页上醒目的红色 A+，我的第一个想法是把这告诉德斯蒙德，因为是他帮我完成了这篇论文。

很久之前的事了，似乎仍在眼前！但是当时也才过了不到一个月。

德斯蒙德读过我的论文初稿，提了几个建议。他鼓励我不要仅限于字面意义来研究两栖动物这一个主题——“‘本体论概括语言学’。如果你不知道这是什么，我可以做阐释。”

当时，所有那一切都变了。

当时，我没法预测我什么时候还可能再见到德斯蒙德。他决绝地把他自己从我的生活中抽离开了——但是他还在那儿，观察着我。

我眼睛的余光会看见他。在我不安的梦里，我也会看到他。

同朋友们一块儿溜达时。母亲开车我们一起外出时。

一天下午，我和克里斯汀一起在购物中心购物时。

另有一次，我和克里斯汀一起开车去离家半英里的购物中心药店。在那儿，我看见，大约三十步之外，德斯蒙德·帕里什在观察我们：他戴着他那顶闪亮的自行车专用头盔，穿着尼龙皮衫，双臂紧紧抱在胸前。我停下来细看，这个人影快速地转身消失了。

克里斯汀看到我脸上的表情后问我："莉兹白，你没事吧？你看起来有点不舒服。"

看见德斯蒙德后，我是如此的惊慌失措，我不得不坐下歇几分钟。

克里斯汀关切地问我想不想回家；但我的回答是不，我不想回家。我不想！

"你最近看起来安静了好多。"

我告诉她我没事，但我有些事情要考虑，这些事情却又不能与人共担。

"是德吗？关于德的一些事？"

克里斯汀知道德斯蒙德不再来我们家了。我现在也不再和她聊德斯蒙德了，也不和母亲聊他。

"他怎么了？你们俩分手了吗？"

克里斯汀的嗓音里透着类似于得意的笑的东西。

分手了。跟你那不对劲儿的男朋友。

姐姐一副居高临下的态度，这让我很想掴她。还因为克里斯汀的知情。

就这样，当时的我变得害怕德斯蒙德。自从他为了让我握紧小提琴的琴弓而把我的手挤压得生疼，自从我感到他生性固执，对我没有丝毫的温柔，只想让我听命于他，而我又不愿意这么做：我开始变得一想起他就浑身颤抖。

不过，就算是执迷不悟，我仍然珍视我的男朋友留给我的记忆。最近这几周里，一想起德斯蒙德·帕里什，我就心潮澎湃，这种澎湃比他本人曾经带给我的还要多。

“你没——跟他一起做错事吧，没做吗？莉兹白？”

克里斯汀欲言又止，一脸的尴尬。我们不是那种彼此信赖可以吐露私密的姐妹。从那一刻开始，我们也不会成为那种姐妹。

我咬牙切齿地告诉她没有。

“他没有逼你——或者迫使你——做任何你不想做的事情吧——他没有吧？”

我喃喃自语着没有，从克里斯汀身边走开了。

我不确信我是想把她从我身边推开，还是想，荒唐地一头扎进她的怀里，让她像抚慰小时候的我那样再次抚慰我。

“也许你以为你爱过——爱——他。但是你没爱过——你不爱……”

我们出了药店，穿过停车场去取克里斯汀开的母亲的旅行车，我眼角的余光发现在另一家商店的后出口处有一个又高又瘦的戴着黄头盔的人。正是那个人，我渴望见他，又害怕见他。

一坐进旅行车里，我就瘫了，我的双膝疲软不堪。我既没有回头去看人行道上的那个人影，也没有和克里斯汀说一句话。克里斯汀默默地捏紧了我的手。

忽有一日，母亲若有所思地说："莉兹白，德斯蒙德怎么了？他消失了吗？他之前似乎是多么——爱……"

我明白母亲在想什么，多么爱我们俩。

你不可能让我退出你的生活莉兹白你知道的我们是从另一世来的灵魂伴侣

这份短信是留给我的，用签字笔蘸黑墨水写在一卷镀金纸上，装在一个普通的白信封里，扔在了我高中学校的柜子里。

当我展开金纸、读完这些字时，我呆住了。我不能相信德斯蒙德真的进到不属于他的学校里来了；他冒着被人发现的危险，只是为了观察我，至少这一次是这样。谁又知道还有多少次，他会出现在我的柜子旁。

那么，为了把信封塞进我的柜子，他一定是等我们放学后，楼道里没有人时才进来的。

拿着那个镀金纸卷，我的手颤动不止，它看起来就像是某种节日公告。

我会一而再、再而三地反复读它。躲在我的卧室里读了好多次。

我认为这是封恐吓信——或者影射着一种恐吓。

我想我必须告诉我的父母。

但是那样他们可能会尽量联系德斯蒙德的父母，甚至更糟，联系斯特赖克斯镇的警察……我不想这样。

然而，德斯蒙德到底希望我如何联系他，我也并不明了。他从未给过我他的电话，也没给过我他家的地址。这就像我俩隔着峡谷凝视彼此，却没有办法互相交流，唯一能做的就是像那些语言不通的人那样借助一些广泛使用的、粗陋的手势。

“求求你了！放过我。”

他的确打过电话。至少我认为那是他。

深更半夜，电话铃就响了一下，或者两下——要是有人接起电话，对方一句话也不说。

“你好？你好？你是哪位……”电话那头没有任何应答，一片嘲笑的沉默。

我以为，他骑车经过我们家。

我猜那是德斯蒙德·帕里什，不过我不确定。

有车开进了我家的车道，车灯把窗户照得明花花的，什么也看不清。能听见粗鲁的爆炸似的音乐声。随后车又绝尘而去。

之后罗洛消失了。

一天晚上，我们喊罗洛进门时，他没在后门口出现，而平时罗洛会用爪子抓门，让我们放他进来。

(我们后院一英亩大小的草坪围了栅栏，这样的话，只要他愿意，罗洛就可以尽可能多地待在户外。通常，他都是在露台上睡觉。)

我们搜遍了邻近的街区，大声喊——“罗洛！罗洛！”

我们按响邻居家的门一一问询。我们把印有罗洛照片的传单贴在树上、栅栏上。我们查看当地的动物收容所。克里斯汀也从威尔士大学回来了，帮我们一块儿找。我们肝肠寸断、悲痛欲绝。

我想这不会是德斯蒙德干的。他不会这么残忍，他喜欢罗洛。

我想或许他养着罗洛。直到我再次见他。

现在，德斯蒙德变成了跟踪者——这是克里斯汀的术语。

突如其来，他总是在那儿。别人也看见了他。

之前，没遇上德斯蒙德之前，我总是孑然一人，可怜自己，安慰自己，我是一个人——现在我永远也没法再独自一人了；我永远也没法再认为我是独自一人了。因为我知道，事实上，即便当德斯蒙德·帕里什不观察我时，他想我也都要想疯了。

……不可能让我退出你的生活。来自另一世的灵魂伴侣……

曲棍球赛季就要结束了。这是一种解脱。每周周四放学后，我们会练习曲棍球，德斯蒙德开始在那时出现。一个孤单的瘦高的身影站在运动场的正后方，中间隔着铁丝网围栏。他双臂上举，双手抓着铁丝网。只需看一眼，你就能知道那是谁，他就像被钉在十字架上一样被钉在了围栏上。

我的队友们会拿胳膊肘轻轻地推我，悄悄地说。

“嘿，莉兹白：那是你男朋友吗?”

或者，“看起来像是莉兹白的男朋友，在跟踪她。”

我们的教练把我叫去了她的办公室，和我坦率地谈了谈。她告诉我，我的男朋友让大家分了心，整个队没以前团结了——“你打得不太好，因此我最近都不太让你上场了。你的分心正在让你的团队走下坡路。”

我底气不足地回答，“他不是我男朋友。我想，我们分手了……我不知道他为什么要这样做。”

“你俩有多亲近？你们——亲热过?”

这个问题就如同迎面一个耳光。回答没有，似乎让人觉得我可怜。回答是的，又会让人觉得我更可怜。

我告诉德卢卡女士没有。没有亲热过。

“你说的是真的?”德卢卡女士一脸狐疑地看着我。

是的，真的。我讲得很慢，含含糊糊。跟一个陌生人谈论德斯蒙德，是对我们真正亲密关系的背叛，在此之前，我生命中的任何事都不足以和它相提并论。

“莉兹白？你在听吗？”

“在——在……”

“显然你已经不是之前的那个你了。你的眼神里充满了焦虑。这个男生虐待过你吗？他有没有利用过你？”

我沉默地摇了摇头。我有多恨这个一心想保护我的女人！

“好吧——你父母知道他吗？他们见过他——见过没？”

我含混不清地低声说见过。毕竟，母亲很了解德斯蒙德的——或者她声称她很了解。

我从未告诉过父亲。我深信，现在正在发生的这一切会让他惊恐，他会责备我的。他会说些什么、做些什么，这让我很害怕。

最终，我离开了德卢卡女士的办公室。我不确定我们的这场尴尬的谈话是否就此结束，我只是——离开了。

* * *

他把用变焦镜头拍的我的照片寄给了我，照片装在一个普通的马尼拉纸信封里，上面写着我的名字**莉兹白**，还有我家的住址。它们并非一次性成像照片，而是小的亚光照片：照片上的我，对相机镜头浑然不知，从母亲的车里爬出来，同朋友们在学校附近的人行道上行走，打曲棍球。最让人胆战心惊的一张：天色已黑，厨房的灯亮着，我正对着一个身影模糊的人讲话，那个人一定是母亲。

这张照片的背后用大写字母写着：

咫尺之遥　随时　永远

我没给任何人看过这些照片。我害怕我的家人会做出什么样的反应。

你干的好事！你把这个人引到我们的生活中了。

你怎么能这么不小心？这么盲目，无知？

看见自己变成了他人所想象的人，一个和纸娃娃相差无几的东西，真是太恐怖了。

一个听凭看不见的/没法战胜的摄影师掌控的人。

我站在窗前，凝看我家后院的那片黑暗。我们家房子的稍远处是一些树，长势茂密，在夜幕中宛如一堵不可穿透的墙。

我猜德斯蒙德一定是藏身在这些树里，带着他那个不可思议的变焦镜头。

他是个猎手。我被他瞄准了。

我想对着后门大叫：我恨你！去死吧！把罗洛还给我们！别再来烦我们！

我很想一觉醒来，回到六、七——周之前。

那时的我，还不曾去过那个图书馆；也不曾在周六的午后骑着自行车去镇里，像个尽职尽责的好学生那样为两栖动物进化做笔记。

我想一觉醒来，欣慰地发现，没有人跟踪我——没有人爱过我。

之后的一天，因为开了个会，我比平常晚一点离开学校。当时已是黄昏，德斯蒙德·帕里什站在那里，等着我。

“嘿，莉兹白！还认识我吗？”

德斯蒙德一脸责备地对着我笑。脸上的肌肉扭曲到了一块儿，他是如此地生我的气。

“没忘了我吧，把我忘了吗？你的朋友德。”

我结结巴巴地说，我不想看见他。我本可以转身跑进学校——但我不想对他无礼。

我不想让他更生气。

我动弹不得：我的双腿寸步难行，好似灌满了铅。

“知道我在想什么吗，莉兹白？——我觉得你一直在躲着我。我们中间有误会。我想对此表示尊重——我是说，你希望躲着我。我支持‘妇女权利’——女性不是奴隶。但由于你的行为是出于误会，合乎逻辑的解决方案是清除误会。我们得谈谈。我有车，我会载你回家的。”

“你有车？你有驾照？”

“我有车。我父亲的车。如果我想制造一场交通事故，或者想违反交通法，我只需要有驾照就可以开车了，不过我不想这样。”

“我——我不能，德斯蒙德。对不起。”

然而，我还是动弹不得。我的双膝已经失去了所有的力量。

德斯蒙德赫然耸立在我面前，他笑得很是夸张，脸的下半部分像是要裂开了似的。

他胡子拉碴的。漂亮的金边眼镜斜架在鼻子上。头发有段时间没剪了，已经长及衣领，披散着。

“跟我来，莉兹白。咱们就开一小会儿——开到湖边——那湖就在那儿——还记得吗，独木舟？你想乘独木舟，但是之后你又害怕了？你傻瓜——你胆小鬼。没什么好害怕的。咱们可以去那儿——咱们再试试。然后我开车送你回家。我保证。我们得谈谈。”

我绝望地说，这个季节太晚了，十一月已经不租船了。而且天太晚了，已经黑了……

我愚蠢地同他反抗。就好像租条独木舟是德斯蒙德想带我跟他走的关键——他想的却是不管去哪儿。

那儿真的停着辆车；车灯亮着，发动机还在工作，司机车门敞开着，就好像司机刚从里面蹦了出去。

德斯蒙德居然敢走到我的跟前，抓起我的胳膊。

德斯蒙德居然敢假装温柔地嘲笑我。

“听说你们家的狗丢了。够悲惨的——你爱那条狗。你们都爱那条狗。或许，我能够帮你们找找他。是——罗洛？以罗洛·梅命名？太酷了！”

我不知道德斯蒙德在说什么，只是听他提到了罗洛。他知道罗洛在哪儿。

他把我往车里拉。我出于本能反抗。

“不。我不想跟你走。”

“放明白点，莉兹白。你当然想跟我走——我能带你找到罗洛。我们去湖边——小休伦湖。只要不到一个小时，一切都会明了，我们还会是朋友。”

我尽量把胳膊从德斯蒙德手里挣出来。他用手指紧紧地钳住了我。

我请求他：“你想让我跟你去干吗？你为什么要这么做？”

“‘我想让你跟我去干吗’！——你想跟我去干吗！我们是命里注定的一对儿，从第一眼我就知道了，莉兹白——你也知道的。”

当时的我被吓住了，还以为这不是真的。这不可能发生。

我还认为那是我男朋友！

尽管我渴望找到罗洛，但我知道我绝不能跟德斯蒙德·帕里什上车。

德斯蒙德开始诅咒我，而在此之前，我从没见过他这样。我想起妈妈之前说过的，她在露台上听到的那个声音不是德斯蒙德的，而是别人的。

德斯蒙德揪住了我，把我的两只胳膊按在身体的两侧，几乎要把我夹到他的车跟前了。我能够感到他吐在我脸上的热热的呼吸。我能够闻到他的体味——那种男性身体由于热切而大汗淋漓散发出的味道。我吓呆了，都忘了尖叫。我也没法尖叫，因为我没法呼吸。

有人看见我们了，对着我们大叫。德斯蒙德快速地放开我，跑进车里，开车走了。

“那是谁？他要对你做什么？”——其中的一位职业艺术老师问我。

我告诉他没事：那是场误会。

“需要我打 911 吗？”

“别！请别打。是我男朋友——现在没事了。”

我待在楼上的房间里，母亲上楼来叫我，她的情绪异常激动。

地方台十点新闻报道，斯特赖克斯镇的居民，德斯蒙德·帕里什，单人驾驶，死在了高速公路上。他的车速大概有一小时八十英里，撞上了斯特赖克斯镇六十里外的一座水泥天桥。

我们瞪大了眼睛看事故的新闻片段，救护车的灯闪烁不停、州际高速公路左车道上一片耀斑，我们基本上看不清什么。一位女新闻广播员神态凝重地说，据说这是一场“即刻”死亡。

我们盯着德斯蒙德·帕里什的一张看起来相当年轻的照片，学生眼镜、分得异常整齐的头发。

“这不可能是德斯蒙德！我不相信……”

母亲比我还伤心。她握着我的手，试图安慰我。然而我的手，柔软、冰冷、毫无反应。

我太震惊了，没法理解新闻的主要内容。这则“突发新闻”通报一闪而过，就几秒钟的时间，随后是广告。

母亲抱住我，低声哭泣。我强撑着自己，压抑住情绪。

我在等电话响起：等着德斯蒙德打来电话，最后一次的嘲笑。

那晚，我梦到了在夜色中微波荡漾的小休伦湖。

早上，我们读到了来自斯特赖克斯镇报纸的关于德斯蒙德·帕里什死亡事故的更加详细的报道。

这则头版文章中包含了德斯蒙德几年前拍摄的另一张照片，看起来十分年轻。德斯蒙德还是没有笑。

这张照片放置在令人恐怖的标题的上面：

斯特赖克斯镇居民，22 岁，撞死在高速公路上。

“事故”的目击者向州警察描述，那辆飞速行驶的车看起来好像一直在加速，那个司机“失控了”，通过了一个护栏后，迎面就撞在了水泥拱座上。人行道上没有发现任何滑移的痕迹。

失事车辆是一辆 1977 年产的奔驰，注册在德斯蒙德的父亲戈登·帕里什名下。

德斯蒙德·帕里什是无证驾驶。车祸发生的时候，他的父母并不知道他在哪里：他自当日下午就从“屋子里消失了”。

据介绍：“这是一场即刻死亡。”

纽约州警察会调查这起事故，事发地超出了斯特赖克斯镇警署的辖区。

之后不久，一位证实自己与纽约州警察有关的侦探来到我家同我和我的父母进行了谈话。

侦探告诉我们，在失事的汽车内发现了私藏的和我有关的照片和“日记”。

警察们正在调查德斯蒙德·帕里什自杀的可能性。那个侦探问我是否与德斯蒙德·帕里什“过从甚密”；我们认识多久了，什么关系；我最后一次见他是什么时候；我看见他时，他精神状态怎样。

我冷静地作答。尽量作答。我意识到，父母在听，他们很惊讶。

既惊讶，又厌恶。因为我没有和他们分享我和男友之间所发生的这一切，这是对他们的背叛。

这之后，他们再也不会完完全全地信任我了。这之后，爸爸不会再把我视为他的小姑娘了，之前他喜欢如此待我。

譬如，父母不知道德斯蒙德曾经“跟踪”过我——他在我学校的柜子里留过一封恐吓信。他们也不知道最近，他死的那一天，我见过德斯蒙德。

他们不知道他想让我跟他进车里，去小休伦湖。

我会向警察陈述：下午五点二十分时，德斯蒙德在我们学校和我发生过冲突。九点二十分时，他死了。

那位在我们身后出现、吓走德斯蒙德的职业艺术老师也会给警察一份陈述。

德斯蒙德·帕里什和十六岁的高二学生莉兹白·马尔什发生了“争吵”。但是，马尔什小姐不希望老师打 911。帕里什先生开着他父亲的奔驰跑了。

有一点确信无疑，失事之前，他“灌了”大量的酒。他是无证驾驶。

侦探告诉我们，帕里什夫妇拒绝相信他们的儿子可能是自己寻死。眼下，他们不和警察对话，也“不接受”媒体的任何采访。

他们通过一位律师发布了他们的推测，他们的儿子是出了交通事故：他喝酒就没停过，但之前，他喝得不多，也不常常喝酒。一些“个人问题”把他领上了喝酒的路，开车“失控了”，出事了。

他们坚称，他之前没有过自杀倾向。

搬来斯特赖克斯镇之后，他的生活里出现了很多有意义的事情。

他正在接受治疗，而且他一直在“见好”。他们坚称，他从没提到过自杀。

事实上，他有着“大好前程”。他拿到了艾默斯特大学的奖学金，要学习古典学。

“我想知道，你是否了解德斯蒙德的背景？他的犯罪记录？”

犯罪记录？

侦探的话让我们大家都彻底地呆住了。

她告诉我们，从十四岁到二十一岁，德斯蒙德一直被监禁在马萨诸塞州布莱汉姆的为少年犯设置的布莱汉姆男子监狱。他承认自己犯有故意杀人罪，一九七零年，他杀死了自己时年十一岁的妹妹。

关于这起案件的所有信息如下。当时，十四岁的德斯蒙德和妹妹阿曼达一起在米斯卡塔尼克湖划独木舟，帕里什一家在那儿有一个夏日旅馆。因为“突然大怒”，他用船桨击打妹妹的头部和胸部，直到她死亡。他试图弄翻独木舟，以便把她的尸体推到湖里，但失败了。没有人目睹这起谋杀案，不过人们在漂浮的独木舟里找到了这个精神紧张的男孩。一起找到的还有他妹妹血淋淋的尸体，沾满了鲜血的裂成碎片的船桨。

德斯蒙德从没有讲明他为什么要杀死自己的妹妹，只是说是她让他变得“疯狂”；他自小就性子急，有过各种各样的诊断，譬如注意力缺失症、儿童精神分裂症，甚至自闭症。他和妹妹有着“不同寻常的亲近”，和她一起进行小提琴二重奏。他的父母雇了名律师，为他做非二级谋杀的辩护。谈判长达数月，之后，他得以允许承认自己是过失杀人，被判在少管所服刑七年。这个少管所还有一个收容精神病患者的部门。而且，在这个少管所服刑的罪犯们到了二十一岁时就会被自动释放。

公诉人认为，这是法令的荒唐之处——不应该在七年后就把一个如此“恶毒的”杀人犯放进社会里。但是，十四岁的德斯蒙德，太年轻了，没法把他作为成人来定罪。他被诊断为有病，这一点确凿无疑——精神有问题——不过在少管所里，他精神方面的治疗效果良好，二十一岁生日时，少管所宣布德斯蒙德对他自己和他人均没有任何明显的、即刻的威胁。

这家人搬到了斯特赖克斯镇，经常往来于罗彻斯特。人们希望，这家人，还有德斯蒙德，能够在此地有个“新的开始”。

帕里什一家从没在欧洲生活过。帕里什先生也没为诺德制药在欧洲的分公司效过力。他在这家公司的职位仅仅是罗彻斯特研究部主管。

侦探给我看了一张阿曼达·帕里什的照片。她长得像我吗，我像她吗，我不这么认为。我听见母亲在看到照片后大口地呼吸，但是我认为我们并不很像。那个女孩非常年轻，真的就是个孩子。她相貌一般，却很让人觉得亲切和朝气蓬勃。或者，你还可以说这张脸上写着劫数难逃。那双眼睛，你可以说它们透着心神不宁。那张嘴对着相机腼腆地笑着，端着相机拍照的可能正是谋杀她的哥哥。

我想起德斯蒙德警告过我不要对着相机笑。当那张微笑着的照片在你死后出现时，你看起来会很蠢、很悲哀。

米斯卡塔尼克河谷地区的很多人都知道这起儿童/妹妹谋杀案，因为帕里什一家在当地有些名声，他们家自大革命时期就在那儿有家产了。

“那是一件惨案。但是这样的案件并不像你们想象的那样稀少。”

这位纽约州警署的探员在这样的时刻对我们说这样的话，真是奇怪。

父亲一脸怒气。母亲沮丧、不敢相信。他们想立刻见见帕里什夫妇，让他们解释这一切。

“那些可怕的人！他们怎么能这么自私！他们让自己生了病的、心理不正常的儿子像个正常人一样招摇过市。他们一定知道他一直在观察我们的女儿！他们一定知道，他的药物治疗根本就不够。他们就不能一直监控着自己的儿子……”

帕里什夫妇一直很乐意拿我的生命进行冒险，或者说不惜牺牲我的生命，一个他们都不认识的女孩，从没见过却一定听说过——他们儿子的女朋友。想到这里，让人不寒而栗。

他们绝不会答应和我们讲话的。他们只同意通过律师进行交流。

当时，我没法回答探员的更多问题。我没法承受父母的种种情感。我从这些成人中跑开了，上楼进了我自己的房间。

我把自己藏在被子里。我在床里挖了个洞。

躺在这张床上，我经常会梦到德斯蒙德·帕里什。就好像，他就在那儿，和我同在：等着我。

我认为，他想带我和他一起走。他爱我——他本不会伤害我的。

今天的斯特赖克斯镇带给我太多的回忆。探访父母时，我待在这儿从不会超过一个或者两个晚上。

我尽量不在休伦堡公园附近开车，也从不去小休伦湖公园。

高中的那几年留给我的是一段模糊不清的记忆。那年夏天，我去了祖母那里居住，她住在白原市。我在那儿的瓦萨学院上了夏季课程。高三时，我转学到了白原市的一家私立学校，父母觉得让我离开“感情的是非之地”斯特赖克斯镇可能是最好的解决办法。

我以前的生活被连根拔起了。我以前的“青春”岁月。

我想起了我们家后院草地上的黄蜂，它们在地里挖洞，父亲会把杀虫剂倒进它们的洞里。为了活命，受了惊吓的黄蜂会从洞里飞出来，它们头昏眼花、不顾一切地飞。我一直想知道，那些黄蜂会不会在别的地方再建一个洞。我一直想知道，那毒药是不是真得沁入了它们发了疯的身子里，是不是只要逃跑就可以救它们的命了。

我想念我的朋友们，我的家人。我想念我们在那儿生活过的日子，那只在我们脚下的红木露台上展开四肢、总也睡不醒的老狗。但是，我没法待在斯特赖克斯镇，那儿有太多的记忆。

那一天，我又看见他了。熙熙攘攘的街，街对面，他双手上举，脸上有着既是谴责又是受伤的神情。我想都没想就穿过街道去见他。立刻传来刺耳的汽车鸣笛声——我已经离开路边，置身于车流中，差点儿被车撞死。

咫尺之遥　随时　永远

罗洛的尸体一直没有找到。

处 决

她说你得自己和你父亲说，我没法再为你求情。

他于凌晨一点二十分离开了 Delt－Sig 兄弟会[①]，这比他之前计划的时间要晚。整栋房子里有一半的房间还亮着灯，看着就像一个奇怪的蜡烛未被完全吹熄的生日蛋糕。倒不是说所有的小伙儿们都没睡，也不是说他们都还完全醒着，而是有些零零散散的灯没关，有前厅的，有厨房的，还有通向破旧的地下室台

① Delt－Sig（ΔΣ）兄弟会，也写作 Delta Sig Ph（ΔΣΦi）兄弟会或 Delt Sigs（ΔΣs）兄弟会，美国诸多兄弟会的一个，于 1899 年在美国纽约大学成立。美国兄弟会以希腊字母取名，如下文第 104 页出现的 Kappa Eps 兄弟会、Tri Thetas 兄弟会、Pi Betas 兄弟会，以及第 116 页出现的 Sigma Nu 兄弟会等。

阶的。

所有这一切都提前计划好了。他给过她最后的机会了。

电话那头她在尖叫，巴特？巴特？你敢挂我电话——，而这边电话正在被硬生生地挂掉。

他联系了一下德马科披萨店，为次日晚上十点的聚会预定了八张大披萨，要求他们送到体育场路 3992 号的 Delt－Sig 兄弟会。派对时刻！

他过去一直用一张白金信用卡付账。这张卡，直到次日晚上十点，他都可以用，这一点他相当确信。或许，到那时——（他并不确定）——他自己的信用卡账户会被重新激活。

大约有五十到七十五人参加派对，八张大披萨应该够了。

他的“探险者”号福特汽车就停在这座兄弟会后面的小巷子里。

那儿立着一块醒目的牌子，上面写着：**此处禁止停车，违者将被拖走**。牌子被人掰弯了，卷成了一团，毫无威慑力。

我没法再为你求情了，难道我没跟你说过会这样？

你的信用卡被冻结了。你爸爸警告过你的。

手套！差点忘了该死的手套。

不是他自己的那副好手套，而是——一副廉价的黑色人造革手套。他在校园某处的挂钩上发现了一件派克大衣，这副手套就塞在那件大衣的衣兜里。

不要留下指纹！犯罪现场一个指纹都不能有。他们会为之震惊。

黑手套，关节处紧绷绷的。黑连帽衫、黑T恤、黑牛仔裤、黑耐克鞋。深色眼镜。他的眼睛因为服用利他林[①]已经出现了扩张性的畸变。倘若有车灯迎面打过来，他会觉得头疼。

利他林带来的兴奋使得他无时无刻不在谋划。这场处决并非一时冲动，他还为它取了个代号——IBS。

每一分钟他都在谋划。他妈的，每一秒。

每一纳秒。

不能有目击者！

对于这次处决来说，这是最重要的——不能有目击者。

制定好了路线。只要有出口，出来后，他都沿着车道朝东开。

他对从锡拉丘兹出来的各个出口烂熟于心。他把“探险者”设置为恒速行驶，每小时七十英里。不过有时候，他也会开得快一点，把车开进左车道里。天啊，他爱死了这辆越野车！这车就仿佛是他出了窍的灵魂，他能够爬进去。

“探险者”像坦克一样稳步行驶。一路上，它与多辆十八轮

① 一种中枢兴奋药，能直接兴奋延脑呼吸中枢，作用比较温和，常用于治疗呼吸衰竭和各种原因引起的呼吸抑制。

大卡车擦身而过，感觉它们就像是小汽车一样。

这辆汽车沿着高速公路朝东行驶了三个小时二十分钟，从伦斯勒县出口出来，之后进入东伦斯勒村，抵达位于杜松大道二十九号的都铎式风格的石头房子。茂密的树叶形成一堵密不透风的墙，人站在狭窄的路上几乎看不见这幢房子。

就是这地方——扎眼的伪－都铎风格的房子，地处“死－胡－同”之内，房子外面还有大量的常青树——入室抢劫者惯常下手的对象。

兴奋再次袭来，他喜欢这种不错的感觉。这就像是打一款新游戏——比如《边缘战士》或者《世界末日》——你尚未弄清地形，它已经朝你快速地冲过来，你随即完蛋。

IBS是巴特的（秘密）游戏。比起那些怪才们粗制滥造的电子游戏，巴特·汉森创造的IBS毫无瑕疵。

他仍然感到兴奋，但也有点阴郁和懊恼。他想的是：明白不，我给过你们很多机会。你们俩都给过。

他给过他们俩机会的！从小到大，他们待他就像一只被短狗链子猛拉硬拽着的狗——颈圈过紧，该死的脖子蹭破了皮，流血不止。

开上杜松大道后，他把车前灯熄了，继续驶近那栋房子。他知道，夜里车拐进车道时，车头灯的光会晃到他们家二层卧室的窗子上。

凌晨四点二十八分了。这比他之前计划的时间晚了些，不过他也可以灵活处理时间。往回开的时候，他会追回一些时间的。到时候，处决已经结束了，他也就可以放松了。

他把闪闪发光的黑色“探险者”停在了圆形车道上，车头正对着杜松大道，以方便逃跑。

他当然有自家的钥匙。进到屋里毫不成问题——四处都静悄悄的——不过他知道无线防盗报警器是开着的，这足以看出他父亲是多么的偏执。

头顶的一丁点儿天空看起来就像是一张旧面巾纸。一轮朦胧的月亮正在升起。

这让他打了个战栗！看见月亮，他脖颈处的头发激灵了一下。还是小孩子时，他就看过《伦敦狼人》、《少年狼人》和《狼人》的视频光盘。看的次数过多，那些光盘都已经破了。

他准备从车库进到屋子里。黑色的终结者服装让他有一种阴郁的帅气。

他不希望在视频——播客网上看见他自己，不过，这几乎不可能。他像做贼似的悄悄地移动，却又像豹子一样迅速，不允许有一点点偏差。

车库门是三扇装在高处的可以滑动的门，其中的一块因为粗心大意没关上。这些年里，巴特的父亲一直埋怨他的母亲，怪她把车开进车库后老是忘记把车库门放下来——经常如此，他母亲也就懒得把车开进车库了。她还经常刮擦到自己的车——她认为这也不算什么事。

东伦斯勒村很少发生入室抢劫案。破门而入，少之又少。

尽管这样，巴特的父亲还是希望能把车库门关紧，同时，还把无线防盗报警器打开。

他在车库后面发现了它：那把斧子。

天呀！当手电筒的光照在这把斧子上时，他的内心深处猛烈地震颤了一下。

斧子挂在墙上的长钉上。手柄是木头的，斧刃看起来锋利无比。一把至精至简的斧子。

得有十五、二十磅。

这将是巴特第一次挥动这把斧子。他本打算提前操练一下——实践一番——但他老是没时间。

父亲曾用这把斧子为家里的壁炉劈柴。

拿着，巴特！试试。干会儿活儿出出汗。

他戴上手套，把斧子从墙上取下来。真是不轻！

手电筒打出了漏斗形的灯光，照亮了车库的一隅，那儿堆着很多他的东西，这让他大吃一惊——有点不知所措。那儿不仅有他的自行车——半打之多——其中不乏最新款的意大利赛车，十五个变速档，价值三千美元，不过轮胎已经瘪了，他已经有一年甚至一年多没有骑过它了——还有已经过时的电动游戏、游戏机、从小到大的各种电子玩具，甚至还有一辆儿童卡丁车，这是他五六岁时收到的圣诞礼物——当时他爱死这辆车了，不过后来它坏了，再也没修过。

倘若你为这所有的垃圾算一算总价，你或许会明白，他们曾经是多么地爱他，不过现在为时已晚——去你妈的。

他戴上手套，把斧子拿进屋里。

真是奇怪，握在手中的这把斧子，竟让他的胳膊抬不起来。他尽量不去琢磨——哪儿不对劲——斧子有着属于它自己的生命，当他把它从墙上取下来时，他打乱了这一切。

第一步是“解除”报警器。他练习过了。即便是用钥匙开门进屋到警报声响起，只有十秒钟——**十 秒 钟**——的时间到达厨房的小盒子处输入密码。

密码的一部分是父亲的出生年——1957。

有几次颇为尴尬，屋子里的报警器突然就大响起来。

防盗自动警铃和烟雾警报器。一个发出尖锐的震耳欲聋的警笛声，另一个发出震耳欲聋的嘟一嘟一嘟声。

现在最重要的是，动作要快还要保持冷静。着急没用，只会让事情一团糟。

他喝了三片利他林。在 Delt－Sig 兄弟会那里，他只喝了点啤酒。黏糊糊的咸凤尾鱼披萨积在胃里，让他觉得沉甸甸的，就好像他把它囫囵咽下了——“咀嚼的”——只是柔软的面团。

不论何时，巴特的那些 Delt－Sig 兄弟会的朋友们都给他留个地儿睡觉。真够丢人的，这学期你被留校察看了，不过，这儿给你留的总有地儿。

他们既不是兄弟会的官员，也不是巴特的什么特殊朋友。只不过那些家伙曾向他做过保证。向巴特的老大肖做过保证。

他怎么会想要报答他们呢？该死的，他居然还邀请了他们所有的人。

次日夜里，这里将举行派对，巴特·汉森将是派对的主人。披萨、啤酒、应有尽有的各种派对甜点——炸玉米饼、辣汁儿蘸——开了一半壳的生蚝——蘸了红红的酱汁的大虾——想到这些，他开始流口水，他的内心也满是骄傲，那些小伙儿会对他刮目相看，那些姑娘们也会另眼相看他的——明天下午他会打电话，打更多的电话。

到那时他应该已经有白金卡了，或者——诸如此类的卡。他可能会给那个送货员付现金，等着瞧他脸上的表情好了。

Delt－Sig 兄弟会的饮酒派对相当狂野，在当地很是出名。

在大学山[1]这一带，以派对出名的兄弟会还有 Kappa Eps 兄弟会[2]、Tri Thetas 兄弟会[3]和 Pi Betas 兄弟会[4]。

周末的夜里，一个街区之外你就能听到 Delt－Sig 兄弟会传来的刺耳的音乐声——《金属乐队》、《黑色安息日》的音乐。

Delt－Sig 兄弟之家常年散发着馊啤酒味儿、尿臭味儿和坏了的披萨外皮味儿。这些味道浸淫着地毯、布帘，还有墙纸。

他一天二十四小时都只是吃那些家伙订的披萨——不是质量上乘的德马科家的披萨——肥得流油的意大利香肠、凝结成块的奶酪、凤尾鱼——谁他妈的总是订凤尾鱼的？——天啊！他讨厌死这些东西了，要是可以的话，他要把它们吐出来。

他正在长胖，真让人沮丧。像他父亲那样，他的腰上也长了一圈白面团一样的脂肪，他才二十岁啊。

上学期他有三门课不及格，这个春季学期便被停学了。之前

---

① 大学山（University Hill）位于锡拉丘兹东部和东南部的市中心附近较大的山丘上。这里有好几所大学，其中最有名的是锡大（Syracuse University）。

② 此处可能系 Delta Kappa Epsilon（ΔKE）兄弟会，也读作德科（D－K－E 或 Deke），北美历史最为久远的兄弟会中的一个，在全美和加拿大活跃着 54 个分会。1844 年时，耶鲁大学的 15 位新生创建了该兄弟会。下文第 156 页以德科（Deke）兄弟会的名字出现。

③ Tri Thetas（ΔΔΔ）兄弟会，1888 年在波士顿大学成立。

④ 此处可能系 Beta Theta Pi（BΘΠ）兄弟会的缩写，1839 年创建于迈阿密大学。

的大二学年时的停学记录已经被人从他的大学记录中删去了。

被删去了。他的确该对父亲感恩戴德——父亲的律师同这所大学的律师碰了个面，然后就被删去了。

其中的一门他担心会挂掉的课是101计算机课。真是个笑话！负责实验课的老师可能是巴基斯坦人也可能是中国人，说起话来又快又不清楚，听不懂。这位不知叫阿哈尔还是亚哈还是阿黑尔的老师从第一次见面起就对白人兄弟会的小伙子们心存偏见。巴特向他的指导老师、计算机系主任、教导主任都表示过抗议，最后还向他的父母提出抗议——结果，这些努力给他带来了一堆见鬼的好处。

好吧——他母亲曾经对他表示同情，但是这些努力最终给他带来了一堆见鬼的好处。

他咬紧了牙关，因为太——紧张。或是兴奋，甚或愤怒。也可能是利他林的作用，或者是肾上腺素。他有一种快跑的感觉，就仿佛某种炽烈的东西在他的静脉管中摩腾——疯狂地摩腾！

就仿佛是坐着热气球向上升——快速地上升。

九岁生日那天，巴特的父母为他和他的小伙伴们安排了一场气球之旅。

兴奋得很，也够吓人的。吓得都不敢和其他小男孩一起爬进篮子里。

吓得惊慌失措，把该死的牛仔裤给尿湿了。号啕大哭、无地自容，他母亲不得不安慰他，而其他的孩子们却乘着气球飞升，又叫又喊——太丢人了。

后来，没有人提及此事，但是这件事却像在他的心里扎下了一根小刺，他恨父亲为他安排了这场重要的该死的气球之旅。

他们也不赞成他买这辆“探险者”。他努力给他们解释，是辆二手车，不是新车。

他买的这辆“探险者”最合算不过了。显得十分性感的黑色、四轮驱动、弯道控制，可容纳七个人。

Delt－Sig兄弟会会在鹿角湖举办冬日－“大家抽”聚会[①]。到了冬天，能开上阿迪朗达克路面的车都得是四轮驱动，而且还得有多功能型座位。

他计划过派对的时间：周三。这周的中间，还不用着急。

在大学山这一带，几乎每周周四晚上都有派对——兄弟会搞的。那天晚上，你什么重要的事也安排不了。

巴特要举办的这个派对不仅提供披萨、啤酒，还有精致昂贵的派对食物。这是他报答他们的第一步，因为他欠Delt－Sig兄弟会太多。

他曾试图向父母解释。

母亲曾经心软过，她的心比父亲的软。但是到了最后，她又

---

① 吸毒者聚集在一起共同吸食毒品。

像那个老头一样让他失望透顶。

所有的兄弟们都这么说——你父亲不会站到你这一边的，你母亲就不一样了。不过到了最后，即便他们离了婚，你母亲也仍会和那老头站在一起，因为他有钱啊。

他做了精心的谋划，譬如袖珍手电筒、解除报警器。不过，他还是弄得一团糟。他当时没有意识到这一点，之后他知道了。天啊，他居然犯了个大错，离开时，他走的是高速公路逃走而不是乡村小道。他真想抽自己一个大嘴巴子。

真是没想到这一点！没想到。

在该死的高速公路上，他居然还用了他的动收费①。他把它固定在挡风玻璃上，收费就自动完成了。他当时连想都没想一下，他的动收费账单是由父母的账户支付的。因为他从没见过账单，也从没想过这个。

他也没想过高速公路上的监控摄像头——从来没想过。

真是不动脑子。这是他们对他一直以来的抱怨——在过去的十年里——真是不动脑子，你动了吗？

好吧——巴特现在开始动脑子了。他仔仔细细地思考。就像落入陷阱的老鼠为了逃出来会想尽各种狡猾的手段，巴特也是绞

① 一种电子收费系统，主要用于美国东北部、北卡罗来纳和东伊利诺伊等地的收费公路、桥梁和隧道等设施。

尽脑汁，他知道自己必须逃出这个陷阱，不然就是死路一条。

是那把斧子找上他的。当他还是个小孩子时，他就幻想过用AK－47突击步枪、手榴弹，或是大砍刀——燃烧弹毁掉这所房子——现在，他二十岁了，更加实际了，他有了一个叫作IBS的计划。

几周前的一个晚上，他在Delt－Sig兄弟之家醉醺醺地睡着了，半夜醒来，一嘴的呕吐物，闻起来就像是硫酸。他当时记起的第一件事就是那把斧子——（一定是他当时做梦梦到了）——那把悬挂在车库长钉上的斧子飘浮到了他的身边。他伸出双手试图牢牢地抓住它，就像——（这么些年他一定还记得自己当初这么想象过）——他曾经想象过的从父亲的手里夺过这把斧子。父亲在屋外后院砰－砰－砰地劈柴，寒风凛冽，他却呼呼地冒热气。父亲说，他的父亲，也就是巴特的爷爷，过去在埃尔迈拉农场常常像他这样劈柴。而他，巴特的父亲，总是给他打下手，你很快就会汗流浃背，它的运动量可不小。

巴特，想替替我吗？劈会儿试试，你会喜欢上它的。

不过，你可能需要一副手套。戴手套了吗？

巴特说，好的，爸爸。改天吧。

父亲大笑不止，巴特又在骗他。

总是这样：巴特还是个孩子时，他父亲就强迫他做一些他自己以前做过的事情，巴特也就理所当然地得去做这些事；倘若他不做，或者不愿意做，父亲就会对他火冒三丈，以那样的方式看着他。

康涅狄克州发生过一起这样的入室行窃案：两个家伙破门而入，进了一所位于郊区的房子，他们恐吓、强奸并殴打母亲和她的两个十来岁的女儿，之后，他们把她们绑到床上，淋上汽油，放了一把火——房子燃起熊熊大火！他们没干掉这家的父亲，因为只有母亲和女儿在家。这是两个有前科的笨蛋，最后被抓住了。

几年之前，杜松大道二十九号发生了盗窃案，邻居家也未能幸免——杜松大道二十五号、杜松大道三十一号——电脑、电器、电动游戏、银烛台——不过罪犯得以确认，被盗的东西也得以归还；总之，大多数东西都获得了经济赔偿，人们也便没有向警察提出控告。

为了避免他们控告巴特，巴特的父母同邻居们进行了各种协商。巴特母亲的脸都丢尽了——这是她的原话，她把这话说了无数遍。当然，巴特也感到抱歉——他当时正上高二，急需用钱。巴特的父亲从来就没有原谅过他，不过是又多了一件看不起他的丑事，就像“探险者”假发票那件事——他已经旧事重提过上千次了——每次只要有机会，他就把这事扔到巴特的脸上，尽管巴特已经说过他妈的无数次：他们想让他以死谢罪吗？

高中时他吸毒成瘾，不得不去康复中心。一切还好。那位负责处理家庭事务的女法官对他表示理解。母亲也能够理解他——没事，巴特，只要这不再发生。

他发誓，这再也不会发生了。

他从父母还有邻居那儿弄来的那点破烂玩意儿连五百美元都不值，根本不值得他费那么大劲、冒那么大险。他拿那些东西换来的毒品并没有让那些他希望能以此震住的人觉得震撼——当然，这种烂事再也不会发生了。

是的，他后悔了。

好像是斧子领着他，上楼。

戴着手套的手紧紧地握着斧子。《金属乐队》在耳边尖叫：死去，死去，死去，亲爱的。

他路过自己的（黑着灯的）房门口。门半掩着，就好像里面有人——谁呢？

很快，他就不会再记起那个废物小孩了。他几乎连自己的影子都害怕，真他妈丢人。

在奇怪的电影里——比如《盗梦空间》——事情可以是这样的，巴特·汉森在自己房间的床上躺着睡着了，外面所有的一切都是他梦境的展开。

再比如《黑客帝国》。《伯恩的阴谋》。某些迷幻片。你可以认为，自己不用负责。

你还可以认为此你非彼你。

他那一代人有这样一种观点。没有人是他们应该是的那个人——老一辈的人希望他们成为的人。嘀嗒一声，指针转一圈——你就死了。

到了他们（紧闭的）门前。小时候，他曾在这扇门外站立过很多次。

伸出手，抓住门把手，然后——旋转……

打开门，然后——

就像某种爆炸，譬如——人体炸弹——门被推开了，父亲穿着睡裤，没穿上衣，露出他毛乎乎的胖胸膛，一脸的震惊、愤怒——巴特！你到底在搞什么名堂——

天啊，父亲好像没有看见那把斧子。

或者他看见了那把斧子，但是并没有引起重视，因为他认为这孩子只会把事情搞砸，这孩子没法把他妈的一件事办好。

宏大的声音就像鸣音器一样响在巴特的耳畔，震惊之后是片刻的宁静。他几乎要以为自己就是在做梦，梦里除了他自己再无他人。随后，那个大嗓门的气势汹汹的男人对着他大吼大叫，要求他解释他鬼鬼祟祟溜进屋子到底是要干什么，是不是又要偷他们的钱。父亲骂道，该死的，他要叫警察——

母亲坐在几码之外的床上，一脸困惑——看着他们在门口搏斗，巴特穿着黑色连帽衫、黑色牛仔裤，父亲打开了顶灯，巴特的脸被照得清清楚楚——斧子上下翻飞，似乎受控于自身的恐怖力量——她张开嘴开始大声尖叫——

如此，一切都只好按照巴特之前的周密计划进行，他别无选择。锋利的斧刃向父亲的头颅和他愤怒的脸庞劈下去。这个上了年纪的男人像一棵被砍倒的树那样顷刻间就倒了下去。所有的阻力都消失了，就一眨眼的功夫。他流血的脸上写满了困惑和怀疑，两只手紧紧地抓住了正在用斧子盲目地砍他的儿子——滚开，从我这儿滚开——斧子的利刃、斧子的钝刃、利刃、钝刃，巴特盲目地挥舞着斧子，最终，地上的那个汩汩流血的人在巴特的脚下扭成了一团——惊慌失措的他为了脱身，还用脚踢他，天啊！——发生了什么，他并没有打算这样的。他耳边响起一声振聋发聩的咆哮声，但他知道，他必须解决掉床上的那个女人，这是下一步，他必须执行第二步，干掉这个女人。她正努力下床准备躲进卫生间。她会把卫生间的门反锁上，到时候他就不得不拿斧子把门劈开了——他冲向她，一下子蹦到床上。自记事起，他就不敢爬到父母的床上在上面蹦来蹦去。现在，他在一个宽敞的倾斜的弧度空间里，对着这个女人挥舞斧子——扑了个空，他自己差点失去平衡——气喘吁吁——用的不是武器的锋利的那端而是钝的那端，巴特没法下定决心用斧子的利刃来击打母亲。母亲正在请求他不，巴特，不，亲爱的，求求你别。大多数时候他和母亲处得还不错，他生她的气主要是因为她没有尽可能多地在父亲面前保护他。该死的，她辜负了他太多次，结果，没有偿还的越野车的贷款越积越多，已经达到了顶峰。她曾帮他交过 Delt-Sig 兄弟会的会费和入会费，还帮他还清了一些别的欠款，用的是她自己的支票账户，父亲并不知道，或者说应该是不知道。但是事情莫名其妙地就被搞砸了，父亲看见了银行结单。他给巴特打电话留言，那些留言一次比一次吓人，其中提到了警察，说要把这事交给警察处理。巴特别无选择，只能一切照旧——别无选择，就像落入陷阱里没了选择的老鼠一样——然而事实是：他先用斧子把他们砸晕了，钝的那端砸在他们的头骨上，他们昏迷了。这就像宰牛之前先把牛弄晕。因此，这是一种仁慈的死法，他们知觉全无。

之后，他知道那柄笨重的斧子的斧头从他手中滑了出去。血糊糊的斧头飞出去了吗？

他手里只剩了木头手柄，他用它推了推——地面上的东西——那个男人的头骨已经裂开，正在汩汩流血——床上的东西——他会用铺盖盖住。床上的被单和毛毯都被他拽了下来。他拽过一条毛毯盖住了地上的那团东西，几乎辨认不出那是他父亲了，脸变成了血肉模糊的两半，就像是被乱砍了的南瓜，砍碎的脖子处鲜血直涌——他拉过一条毯子盖住。另一团——那个女人——身体半裸，身材丰满，散发出大便的味道——令人惊恐的恶臭——她的上头盖骨已经没了——右眼被从眼窝里掉出来了——她仍在请求别，亲爱的，别，求求你，别别别别——鲜血就像是一朵很大的黑色玫瑰，包裹住了她，她歪倒在床上，铺盖已经沾满血污。他努力地吞咽，以免把自己的五脏六腑吐出来。他拖过来一床棉被把这个女人盖住；那具身体，那具女性身体在战栗。他把缎子枕头摆好。然后，他又从和这个卧室毗连的她的浴室里拿来毛巾，能拿多少拿多少。他把这些毛巾一层一层地堆叠在她的头顶上。

死去，死去，死去，亲爱的。一句话也别说。

他气喘如牛，就好像在跑一英里的比赛。他的肠子疼了起来。

它现在要开始活动了：他肠子的下端就好像满是散发着热气的液体，他随时随地都能感觉到它在活动。

不停地煮沸、吱吱冒泡。最初大概是他的胃在轰鸣——像是开了个玩笑——小孩的玩笑，就像放屁——之后，几个小时、几天，几周后，宛如刀刺一样胀痛，一一二一三，一下紧接一下。他感觉自己脸上的血都流干了，几乎要晕倒。*我怎么了，有什么东西要从里往外把我吃掉*——就像是有什么东西，蛇、巨大的鼻涕虫，钻到了他的体内，贪得无厌地从里往外吃他。

奇怪的是，那把斧子展示出了它本性中任性的一面，刹那间它几乎就不再受控，斧子拉开的弧度比巴特所能挥动的还要大、还要夸张，最终，斧头从斧柄处飞了出去。因为害怕，他把斧柄丢在了地上。一地的床上用品、鲜血淋淋的尸体，其中的一具

——是路易莎的——从被子、枕头和毛巾下面发出悲啼声，巴特把这些东西堆在她瑟瑟发抖的身体上，为的是让她窒息、快点死去，脱离苦海。

还有一件奇怪的事，巴特永远也不会告诉别人。他朝父母挥动斧子的时候，斧头从斧柄上飞了出去，之后，他没法再击打他们，即便用斧柄打他们，他也办不到。他没法继续。

没有指纹。攻击者戴手套了。

没有物证。攻击者敏捷干练，没有留下任何痕迹。

显然是破门而入，试图盗窃，不过把事办糟了。

不管是谁杀的人，这人没打算拿走任何东西。

(巴特认为：不管他从父母房子里拿走什么去卖，去交易，或者去典当——他都会被抓住。他不会犯这样的大错。)

事后换掉衣服是他处决计划——IBS——的下一步。

快速地淋浴。用的是父亲的洗手间而不是他自己的，因为他知道不能用自己的——淋浴后会留下湿地板、湿毛巾，人们会知道水槽刚有人用过。他只从自己的房间里——他的衣柜、他的壁橱——拿出来一套替换衣服——他换上了深色的衣服，而那身满是血污的衣服，他准备捆成捆，等到往回开行至高速路上一个没有人的出口时，把它们扔到大垃圾箱里去。(他还没想好是哪个出口。这个得看机会了。不过事实将证明是斯卡格斯镇的第十九号出口，它与东伦斯勒镇和锡拉丘兹等距。那儿有一个停车休息点垃圾桶。这将是战略上的失误，因为较之麦当劳或者温蒂汉堡处的垃圾桶，这种地方的垃圾桶倒得并不勤。伦斯勒县的警察会在四十八小时之内发现这捆衣服。）他想把他房间架子上的一些电子游戏带回锡拉丘兹，譬如《死亡空间Ⅱ》、《传送门Ⅱ》、《边缘战士》。这个想法不错，不过最好还是别带了——他是个迷信的人。除了必要的干净的衣服，他不想动这个家里的任何东西。这也是为什么没有物证。

那些博客将怎样评价巴特·汉森他是个聪明的小孩。

阴郁英俊。有魅力，慷慨——派对控。

教过巴特的每一个老师，他的每一个亲戚，每一个邻居——汉森家的朋友——均向那对焦虑的父母做过保证：你儿子聪明着呢，只要他能把聪明劲儿用对地儿。

从幼儿园到伦斯勒县日校十二年级，人们或多或少都这么认为——巴特·汉森是个聪明孩子，要是他能把聪明劲儿用对地方就好了。

他曾是一个前途无量的运动员。初中、高中时——足球、篮球、游泳、田径。每个秋天，他都有一个不错的开端，随后，某些事情就让他吃不消了——一个赛季是因为支气管炎，一个赛季是因为扭伤了脚，成绩不好、留校察看，他泄气了，和他的那些非运动员朋友们一起大抽特抽毒品，结果教练也别无选择，只能把他开除。

他的父母总是唠叨巴特，你什么时候才会对自己的人生负责——你不是个小孩了！

他的问题是，倘若他出生时不是白人就好了。黑人，或者眼睛上斜的某种亚洲人，都行。某种印第安人也行。那样的话，人们就会以别样的方式礼遇他，他的父母也就不会稀罕他了。他就能成为他自己，尽可能多地做自己。

与人初次谋面时，他总会给人留下很好的印象。每个人都这么说。

姑娘们会喜欢他——很喜欢。之后，倘若他喝酒，喝醉了，在他弟兄们的怂勇之下讲起笑话来，她们差不多就会悄悄离开，不想再见他第二次。这就是问题所在。

每次的 Delt－Sig 兄弟会派对都是一团糟，除了刚上大学的那几次。那些姑娘青涩、天真，只要有小伙注意到她们，她们就会感激涕零。那真不错。但是之后，大二那年的同学聚会，事情就糟透了。他从来也没有搞清楚他妈的到底发生了什么，他当时喝得太多了。

巴特·汉森并不是唯一的一个被这位“基瓦·克劳森”上报给系主任的家伙。他父母对这件事痛骂的方式却让人以为他就是那唯一的一个。

自九岁开始，他就饱尝恐惧的袭击。他看起来是个身体健康的——强壮的——小孩。然而事实上，从医学上看，他极易“情绪大波动”——迪克曼将从这一点进行辩护。

这对中上阶层父母家住郊区，他们把这些东西灌输给他们的青春期儿子，持续的紧张、焦虑、总觉得自己不够好。就像美国的许多别的年轻人那样，为了活下去，他不得不靠自我药疗。

自我药疗——最初只是大麻，当时他上初中，后来转向厉害些的毒品，各种毒品，还有酒。

他们盯他盯得很紧，他就像是那些可怜的养尊处优的小狗中的一只——什么时候勒紧皮带全由他们做主。他曾对他的那些朋友们抱怨过他的痛苦和委屈。

这些年他一直在抱怨。至少从七年级时开始。

安布尔·本德曼会在法庭上为他作证，没有人认为他的那些话是认真的！他还会把它称作《窃体者的入侵》[①]——他是窃体者，他的父母是人体。

我的意思是，譬如，一个人要是真要杀他的父母，他会对此大肆宣扬吗？况且还是在学校的自助餐厅？

安布尔有着小女孩似的好发牢骚的嗓音。她说这些话的时候，法庭上有人笑了，甚至陪审团的人也笑了。法官严肃地说，

---

① 发行于1978年的一部美国惊悚片，该片翻拍了1956年的《窃体者的入侵》。电影改编自杰克·芬利（Jack Finney）的小说《窃体者》。电影中，洛杉矶郊区某小镇遭到外星人入侵，外星人对当地人进行了复制并以毫无情感的复制品替换了真人。

安静！这些程序没有什么好笑的。

巴特当然坚称自己没罪。

尽管有一种可能性，你可以辩解是正当防卫。

虽然这样辩解会显得牵强附会，而且难度不小。不过事实上，劳伦斯·汉森个子又高又壮，脾气又坏，而且他比他的儿子重了至少二十磅；倘若他是被他儿子打倒在地的，巴特不得不这么做的原因就是正当防卫。

显然，巴特的父亲听见他进屋了。听见有人进屋了，从车库进来的。他躲在门后面等入侵者。有人说这位父亲是背部受敌，之后无望地躺倒在了床上，这种说法是一种误导。

幸运的是，劳伦斯·汉森没有手枪。或许他以为，要保护他自己和家人的安全，无线防盗报警装置就足够了。

让他惊慌失措的是——他父亲吼起来就像是一头受伤的小牛。父亲躲在门后等他出现，当巴特正要悄悄地把门推开时，父亲把门拉开了。他看清了这个入侵者，他确定那人是巴特，也看清了巴特手中的斧子。他将品尝身为人父的失败，这个男人命该如此：因为，对于这把报仇心切的斧子而言，已经没有回头路了。

就像是神风敢死队的飞行员，燃料够他们到达目标地，但是不够回基地。他们的飞机机翼上印有日出的徽章，一旦他们从这样的飞机里出来，他们将再也无法返回基地。

他曾在电视上看过神风敢死队的纪录片，实际上只是一些飞行员、飞机的连续胶片镜头。他们就像他的兄弟，那么的年轻，只不过他们是日本人。人要是死了，就像是去了另一个世界。

他本可以把他的生命奉献给某项伟大的事业。他生不逢时。

二十世纪九十年代，物质主义盛行的年代，他还是个小毛孩。你从来就没法摆脱来自心灵世界的毒素。

他那一代人，就像是，被诅咒的一代。

在伦斯勒县日校高三的第二学期，他和几个朋友靠吸食毒品度日。他们参加了高考，有人拿到了录取通知书，有人什么也没拿到，从这里滑向深渊很容易。他对锡拉丘兹的感觉非常好。Sigma Nu 兄弟会①的分会是大学山这一带的一个受人欢迎的兄弟会，他父亲曾是密歇根大学 Sigma Nu 兄弟会的一员。因此，他曾经以为这将是一缕清风，他将在这里得到保障，然而事情的发展并不尽然。

学生联谊会纳新活动周对于他来说糟透了。你也可以说，他从来也没有从大一时的学生联谊会纳新活动周里缓过劲儿来。

他对 Delt－Sig 兄弟会做出过承诺。那些家伙给他的感觉是他们欢迎他。他们让他觉得，他们需要他。

---

① Sigma Nu（ΣN）兄弟会，1869 年由霍普金斯（James Frank Hopkins，1845－1913）等人创建于弗吉尼亚军事学院。自建立至今，该兄弟会在全美和加拿大有 279 个分会，会员超过 227000 人。

其他的一些兄弟会没给他留下多少印象。竞争很激烈。

只有 Delt－Sig 兄弟会和另外两个兄弟会邀请巴特·汉森入会，其中的一个兄弟会还在考察期。

他喝多了，烂醉如泥。去他妈的 Sigma Nu 兄弟会，去他妈的 Deke 兄弟会①，去他妈的 Beta Gams 兄弟会②。就算他们求他，他也不会加入这群蠢货。

二十世纪八十年代，劳伦斯·汉森曾经加入过密歇根大学的 Sigma Nu 兄弟会。真是太奇怪了，尽管劳伦斯·汉森曾经给过这个兄弟会钱——巴特有理由相信总数不少于五千美元，但是锡拉丘兹分会居然对汉森家的馈赠连个屁都没放。

学生联谊会纳新周刚开始时，巴特认为——同他住在一起的每一个新生都曾这么认为过——Delt－Sig 兄弟会之家聚集了一帮失败者。总人数不超过三十，居于体育场大道的那幢占地面积庞大的老维多利亚风格的房子里。这幢房子看起来就好像是历经了原子弹的考验——表层的漆已全部褪色。室内的墙上，你还可以看到那些已经化为黄土的人的鬼影似的轮廓。有流言传——（流言后来成真）这处地产已经被双倍抵押，随时都有可能被取消抵押赎回权。事实上，室内的墙上是自前些年至今的 Delt－

① Deke（ΔKE）兄弟会，也读作 D－K－E，参见前注。

② Beta Gamma Sigma（ΒΓΣ）兄弟会，很看重学业成绩，1913 年在威斯康星大学成立。

Sig 兄弟会的一组组的镶了框的照片——三十年里的——人数是现在的三倍，看起来相当不错。譬如，1957 年，Delt－Sig 兄弟会有四位会员是校船队的划手，这支船队曾参加过全国比赛，还拿了季军。1966 年到 1968 年，锡拉丘兹大学田径队的一半队员都是 Delt－Sig 的会员，还出了一个明星车手，他参加了全美奥林匹克车赛。Delt－Sig 的校友中还出过几位州议员和至少一名国会议员。对于这些，兄弟会是引以为傲的。最近这些年，兄弟会看似遭遇了“挑战”——怎么会这样，似乎谁也不知道。Delt－Sig 的会员和巴特聊过天，和他聊天的那些会员，行事匆匆，对他却是真好，人也风趣、有意思。结果发现，巴特喜欢的音乐、电子游戏、电视节目，他们也喜欢。他们在政治问题和其他别的事情上也达成了共识——他们使巴特觉得自己了不起得很。

然而最终发现，加入 Delt－Sig 兄弟会，远非他之前所期待的那样美好。他当时跟父亲说的是，他不会考虑 Sigma Nu 兄弟会，不会接受 Sigma Nu 兄弟会的邀请，一切都已经结束了。他母亲知道后，深表同情。她告诉巴特，不要为父亲的兄弟会经历感到难过，去结交自己的朋友，忘记过去。

结果，她好像把他给出卖了。一年之后——两年之后——她和父亲站在了一起，说每个周末都是酒会，这个兄弟会吸走你这么多的时间和金钱，我们承受不了了，或许事情会好一些要是——

——或许应该更好地利用时间来学习，用钱来交学费——

——你父亲考虑要在施贵宝公司给你弄个暑假实习的机会——

你可能会认为他们本是支持他的——他自己的父母！对于巴特而言，再次回到这所大学意义非凡。

他妈的这所该死的大学收了你这学期的钱，也不退了。

大二那年，他遇到了麻烦，“休学”了——他回了家，上了距家一英里的伦斯勒县社区大学，课程有《计算机科学》、《会计》和《经济学》。学期刚开始时，一切都还不错。他十分想念Delt－Sig兄弟会，但他还去上课，指导老师对他也有很深的印象。谁也不知道，之后怎么了，他厌倦了，逃课，像以前那样，和他的那些高中哥们儿一起吸毒。三门课他全挂了，他本可以拿A的——天啊，这里毕竟是伦斯勒县社区大学，可不是锡拉丘兹大学！——他不得不和一个他认识的家伙一起动些手脚，这家伙是经人介绍的，他为巴特提供了可以造假的从注册主任那里搞来的成绩单，《计算机科学》A，《会计》A，《经济学》B+。巴特认为，要是这学期正常的话，他应该能拿到这样的成绩。他没有想到的是——锡大的系主任办公室又通知他“复学”。

棒极了！他的父亲、母亲都感动得不得了，以他为豪。

似乎，也仅有这么一次他为自己感到骄傲。他不再觉得自己就是个纯废物，整个世界都看不上自己。

他也吓到了：一年四万三千美元，要是有挂科，或者缺考，这钱就打水漂了——一去不复返。他面子上也不好看，从技术层面上讲，他和他的朋友们不一样了，他不是“大三学生”。(倘若事情没有改观，他可能无法跟着自己的新班毕业。他可能毕不了业!)

兄弟会也让他不爽。他的那些朋友们散了，现在成了该死的Delta Sigma公司。

再次回到Delta Sigma，你必须还掉所有的未偿还贷款，同时还要为二零一二年缴纳一笔总数为一千五百美元的保证金。

这是在欺负他，他尽量不去想这个。他知道，尽管自己加入了Delta Sigma，不过这个兄弟会的有些家伙从来也没真正地接受过他——他们只是形式上投票接收他，因为这个分会会员不够，它现在面临解散的危险。

但大多数时候，他还是对兄弟会很着迷。他在这个世上仅有的朋友都是Delt－Sig的会员。他会戴上一个小小的金领针，它的形状（多少）有点像埃及金甲虫，他很为这一点感到自豪。天啊，他都愿意为这些家伙儿去死。

这也是为什么当他得知几个Delt－Sig的会员向伦斯勒县的警察出卖了他时，他会异常地震惊，觉得自己受了很大的伤害，心中满是委屈。

警察悄悄地“面谈过”兄弟会的每一个家伙。大陪审团听证会禁止巴特的律师戴维斯·迪克曼参加听证会。私下里，至少有六个巴特的兄弟会弟兄做出了暗示他有罪的陈词，因为陪审团递交了一份公诉——两项罪名，一项是二级谋杀罪，另一项是谋杀未遂的故意伤害罪，一级。

巴特的解释是，当晚他就在Delt－Sig兄弟会，很多家伙都见过他。他睡在地下室的沙发上。这是一个无人问津的房间，家具少得可怜，他就躺在一张又破又旧的棕色皮沙发上，一直睡到了早上八点——早上八点半上楼、进到厨房、吃早餐。

(Delt－Sig兄弟会没有正式的早餐，只有一些早餐原料，谁想吃谁自行取用。)

很明显，巴特整晚都待在兄弟会。那些家伙能证明这一点的：他们在子夜时分见过他，也许更晚，当时是在楼上；他下到楼下睡觉了；之后，早上，他们又见过他。因此，他对他们所抱的最小的期望是——希望他们能为他做整晚不在犯罪现场的证明。他很无奈，他从来没有觉得自己被这样出卖过，至少有三个家伙，他一直信赖的家伙，坏了事。当警察和他们面谈时，他们说，在凌晨一点和早上八点之间没见过巴特。

他的脑子要被挤爆了。回想这场暴行，就像是努力把某个过大的物体，比如网球拍，使劲儿地推进一个狭小的，像他的头颅这么大的空间里。

它就像是电视里上演的离奇故事。巴特试图去理解这一切，他知道，事实上这就是他曾在电视里看过的，不过不是最近，可能是小时候看的。

他所知道的就是，醒来时他在兄弟会。上楼，跟那些家伙聊天，有种说不出的兴奋，因为昨晚睡得不错，只轻微有点儿头疼，昨夜的啤酒喝多了，还有就是披萨有些烧心，不过他的感觉还不错。他考虑去上几门之前上过的课，只用坐在阶梯教室的后排，装装样子就行了，他心猿意马——他知道下一件事情就是，到了中午，事情暴露的第一个信号就会来了，锡拉丘兹报社的记者来到了兄弟会，在里面横冲直撞，到处问“巴特·汉森”——“家住东伦斯勒县的”——在不在；某个家伙会跑来找巴特，虽然知道这多少有点恼人，巴特还是忍住心中的不悦跟他回去。正在这时，伦斯勒县警察局的警车也开到了兄弟会的外面，一小时三十英里的速度，猛地刹住了车。一切都变了。

天啊！就像地球裂开了，我在往下落。

就那么落啊，落啊，落啊……

他很是奇怪，很是震惊。最开始，他没法理解警察们跟他说的话。

他父亲死了——“被人谋杀了。”

他母亲，受了很重的伤，在伦斯勒县医院里，昏迷不醒——“命悬一线间”。

警察把这个消息原原本本地告诉了他，之后他们残忍而又冷静地打量着汉森夫妇的这个二十一岁的儿子巴特，一脸的鄙夷。巴特的神情并没有多么的愕然——他没弄明白到底发生了什么，耳边的喧闹声太容易让他分心，谁说的话，他都没听明白，因为打探消息的 Delt－Sig 兄弟会的家伙儿们黑压压的一片，聚在兄弟会的前厅——没有完全弄明白消息——因为他以为他听见的是——他确信，他听见了——他们告诉他父母都死了——路易莎和劳伦斯，都死了——被人谋杀了。他一直十分惊讶。眼睛睁得大大的，眼泪从眼睛里流了出来——努力地呼吸，开始像个孩子似的大叫，如此地——震惊。

我——爸妈？有人杀了我——爸妈？

我妈妈？我爸爸？

他惊慌不已，之后会要求他去认尸。

他的父亲！他的母亲！他的——母亲。

他像个孩子似的大叫，用拳头使劲儿揉着眼睛。

他得坐下来。内裤的橡筋裤腰勒着他了，他讨厌这个。他的身体散发出热烘烘的气味，这气味飘到了侦探们的鼻子里，从他们的表情能看出，这气味糟透了。

我爸妈！我爸妈——死了……

我不相信！这不是真的！

我刚给他们打过电话——昨天上午——他们要我这周末回家，但我，我——跟他们解释——

警察们冷静地看着他。从他们的眼睛里，他看不到一丝同情，这把他吓着了，变得紧张起来。

事来得太突然，他还没准备好。

他们告诉他，他母亲没死，还活着。

他父亲死了。他父亲被人谋杀了。

他母亲受伤严重，但没死，还活着。

你认为你母亲也死了吗，巴特？你为什么认为你母亲也死了？

他变得口吃起来，那——那不是你告诉我的吗？你跟我说——天啊——我爸——爸妈都死了。但是——

不，巴特。你母亲没死。你母亲昏迷了。

昏——昏迷……

但是她在失去意识之前，说是你干的，巴特。你母亲说是你袭击了她，还杀死了你父亲，是你。巴特。

这个，超出了巴特的理解力。这完全不可能，警察在撒谎。

他坐在某个他也弄不清楚是哪儿的地方——双腿无力，他只能坐着。他看见穿着便装的警察夹住了他，右边一个，左边一个，领头的那个侦探，名字他听后就忘了，审问他，就好像他已经知道巴特会给出什么样的答案一样。这真是——太吓人了！他的心怦怦直跳，就像是拳头砸在了他的胸腔上。他喘不过气来，警察们才不在乎这个，甚至都没注意到这个——他母亲会注意到这个的，会尽量安慰他。

他们在说——什么？他母亲昏迷了。他母亲没死。

听着，巴特：她说是你干的。你母亲说你是那个袭击者。医生们和第一批警察同时赶到了你家。你母亲意识尚存，尽管失血过多。我们的一个警察问她，你知道是谁下的手吗，汉森夫人？尽管说不了话，但她还能点头，是的；接着又问，“袭击者是你的家人吗？”她又点了头，是的；接着又问，“袭击者是你儿子吗？”——（这个警察只是猜测，你父母可能不止一个儿子）——她似乎也点了头，是的 。随后，她晕过去了，他们把她抬走了。

他们正在逮捕他！到这儿来不是来宣告他父母死了，而是一场冷酷无情的逮捕。

Delt－Sig 的家伙儿们看见巴特被半推半抬地弄出了门、进了警车——所有的小伙儿都惊呆了。他妈的，怎么了？怎么了？他们怎么能这样对待巴特？门外的人行通道上，人们像看一头畸形的腿脚不灵便的笨蛋一样看着他，隔壁邻居 Theta Pi 兄弟会的，还有两个女孩——漂亮得很——Chi Omega 姐妹会[①]的，天啊！——全都在瞪眼看他。

当天夜里十点，德马科披萨店的送货车来了，门铃响了，

① Chi Omega（XΩ）姐妹会于 1895 年在阿肯色大学创立。

Delt－Sig兄弟会的八张超大披萨——这全是巴特抽时间订的，不过这给他兄弟会的弟兄们带去了惊喜。白天宛如一场噩梦，他们个个都目瞪口呆——“惊呆了”——Delt－Sig兄弟会的外墙破烂不堪，有些家伙在前门台阶上猥琐地大喊并对着记者竖指头，这些进了当地的电视新闻镜头——这对兄弟会来说不算是件光彩事。

戴维斯·迪克曼。他父亲高尔夫俱乐部的朋友，他是巴特需要的那种律师：善于刑事辩护。

并不是因为迪克曼真是父亲的密友。父亲曾抱怨过，打高尔夫时，他本有可能侥幸取胜，但迪克曼骗了他。但是巴特只认识戴维斯·迪克曼，而且迪克曼可能也认识他。

事实证明，迪克曼是个很棒的选择。

迪克曼立即着手做的事情之一就是安排人把巴特的“探险者”开回东伦斯勒县，妥善保管起来。

他还努力把巴特从脏兮兮的拘留所里弄出来，尽量安排保释。但是，即便出极高的保释费，保释也被拒绝了，因为他们认为巴特·汉森有潜逃的可能。

这就像个恐怖笑话。之后，巴特会向朋友们提出抗议：他父母被人谋杀了，他痛不欲生，而所有的警察还有法官能想到的居然是——他有他妈的潜逃可能。

太多事情来得太快。巴特人生中的这几段重要旅程真他妈的

闹心。就像是他一直手脚并用、缓慢地穿越撒哈拉大沙漠，突然，当他体力不支、情感脆弱时，一切却又加速了，就像——就像整个世界都吸了冰毒，就他一人是清醒的。

他的大脑里一片茫然。他开始想他自己的处境，可怕的事实是，他的父母都死了……现实在他的肚子里四处击打，就像是有人在踢他，他的五脏六腑在搅拌，他要上厕所，快点——没人在乎他病得有多重，他的皮肤有多么的湿冷——一场彻彻底底的恐惧正朝他袭来，他可能会死掉。

所幸的是，他当时做了个决定，不在卧室里翻找父亲的钱包，不像入室抢劫犯那样拿走钞票、白金卡那样的信用卡。不然，现在，警察可能在巴特的财物里已经找到了劳伦斯·汉森的信用卡，巴特将如何解释这一切？

亲戚们来到关押着他的伦斯勒县市拘留所来看他。他告诉他们，这——他母亲认定他是袭击者——不是真的——这是个谎言："那不可能。我不在场！"他不知道是谁杀了他的父母——他的父亲——他猜，这是一场破门而入，一场"入室行窃"——几年前康涅狄克州那样的——他父亲英勇地反抗，入侵者把他给杀了。而他母亲……

好吧，事实是——巴特需要不停地提醒自己——他母亲还活着。不像父亲，巴特的母亲没死，只是昏迷了。

那些亲戚们为路易莎祈祷。邻居们，朋友们，全都为路易莎

·汉森祈祷，希望她能从可怕的受伤中康复。

巴特也祈祷。当然，巴特也正在祈祷。泪流满面的巴特请求允许他去看看在伦斯勒县医院的母亲，但是遭到了拒绝。

巴特告诉每一个愿意倾听的人，他对这场斧子袭击案一无所知。整晚他都在锡拉丘兹的兄弟会——他的兄弟们可以为他做证。事实上，整整那一周，他都在锡拉丘兹。他只在案发前几天同他的父母通过电话，他确信，没有不对劲的“任何迹象”。

他认为，他的父亲有些生意上的仇家。杜松大道上的房子是“某种‘炫耀性消费’的房子”——（他从锡大的经济学教授那儿学到了这个花哨术语）——这让有些人会以为，住在里面的人一定很有钱。

伦斯勒县检察官提出，这起斧头袭击案的犯罪动机是钱：这个儿子，债台高筑，去年十二月，为了买一辆新的“探险者”，曾在一张两万八千元的支票上伪造他父亲的签名，他还欠兄弟会的钱，他正在指望人寿保险金，还有他父母的财产——估计价值三百万。

三百万！巴特曾以为他父母的钱比这多得多——至少一千万。那个老头曾这样暗示过，还自吹自擂。

博尔顿地区的房产呢？比如，巴特父亲家族的那栋祖传的——占地面积庞大的旧阿尔冈金小屋，就在乔治湖边上，占地有三英亩之多。那至少还值个几百万吧？

那些人寿保险金数目并不算巨大，不过也还行：赔了劳伦斯二十万，路易莎六万。你得知道，他母亲的命没那么值钱，因为她没有像他父亲那样的高收入。

让巴特费解的是，这笔钱不准备给他。他是他父母的受益人，但前提条件是他们俩都死了。现在的状况是，路易莎还活着，她才是劳伦斯的受益人，二十一岁的巴特连一个子儿都拿不到。

伦斯勒县的检察官们没收了汉森夫妇的私人电脑和巴特的私人电脑，并撰写了这样一份材料，把巴特描述为“复仇心重、精明却又残忍的儿子”。他们的那些极不可信的证据来自过去十八个月父母和儿子的电邮往来、巴特为了支付那辆“探险者”的定金而伪造的支票、他与 Sigma Nu 公司的电邮，以及记者报道过的被告人与朋友们的对话。

面对越来越多的怀疑，正如媒体所描述的那样，迪克曼表现得冷静高效。他不多说一句废话，也不许他的当事人多说一句废话。每当巴特开始用一种愤愤不平的口吻和他说话时，他都会举起手，暗示他别说了。(他们在拘留所的一间所谓的隔音效果好的房间里见面。不过迪克曼说，谁要是相信检察机关不会暗中监视他们，那就不用找律师，直接看心理医生好了。)

又有一次，当巴特开始向他解释父母遇害的整晚他都在 Delt－Sig 兄弟会时，迪克曼举起手，草草地说了句知道了。

尽管迪克曼拼尽全力，他们还是对巴特·汉森提出控告。除了这个被遗弃的、父母都遇害——（准确地说，一个遇害了，另一个昏迷不醒）——的儿子，伦斯勒县的检察官们似乎找不到其他人来发泄他们的怨恨，也找不到其他的谩骂对象了，他们在法庭上和当地媒体中都耀武扬威。

伦斯勒县的二十岁年轻小伙被控告谋杀父亲

谋杀母亲未遂

母亲昏迷前指出是儿子作案

这在纽约北部的电视、报纸——还有网络——上反复出现，一遍，一遍——又一遍——受伤严重的母亲在昏迷前成功地指出是儿子作案；问题是，如果要进行审判的话，这种指控在审判时是否有效？要是这位母亲不醒过来的话，她就没法在法庭上重申她的声明，或者——如果这位母亲死了……

迪克曼的态度很坚决：审判不能在伦斯勒县进行，周边地区也不行。纽约州这一块的每个媒体都厚颜无耻得很，他们把他当事人的个人悲剧剥得体无完肤。

伦斯勒县医院，路易莎·汉森仍然昏迷不醒，靠呼吸机维持生命。

伦斯勒县拘留所，巴特·汉森仍在等待审判，警察把他和其他的拘留人员隔离开了。

由于焦虑和痛苦，巴特感到自己的小腹处一直在搅动不停。像刀刺一样的气胀痛一阵一阵的，有时候，他几乎要晕过去了。不过，环境如此恶劣，他居然没瘦——事实上，他还胖了点，腰间又多了点松软的颜色如同沃登面包那样的面团。他可以——在一个所谓的健身房里，它位于潮湿的拘留所的中心——走动——“运动”，很快他就变得上气不接下气。

巴特也不确定，为什么要把他和拘留所的其他人隔离开。应该不是因为他的肤色——他注意到拘留所还有几个白人，或者说那些人可以称作是“白人”。

大多数时候，当他被领着途经那些黑皮肤的男人和小伙子们的牢房，回到位于走廊遥远的另一端的他自己的牢房时，他们会盯着他看。所幸的是，他们没法接近他，也只能对着他咬牙切齿地喊，嘿，白人小子。你他妈的，你杀了你亲娘？

甚至那些守卫对巴特·汉森也傲慢得很。那些守卫，不管是白人小子，还是黑人小子，从来不喊他的名字。倘若他走慢了，他们总是喊他，你，要么就是你，哈森。

巴特一个人看电视。脏兮兮的小屏电视，没有有线电视电缆。他闭紧双颚，后牙也咬得紧紧的。他谁也不信！他没法相信，他兄弟会的弟兄们会在大陪审团听证会上做出对他不利的证明。

据称是他母亲“认出”了他，这成了各大媒体报道这起斧头袭击案的重点，巴特却几乎从没有担心过这个。首先，他没法也不会相信，因为他知道他母亲喜欢他，尽管她偶尔也会生他的气，不过她从来就没打算过真正地伤害他；一定是那个警察骗她点的头，要么就是那个警察瞎编的——压根儿就没有这事。迪克曼正在战斗，他要把那个作为证据的“所谓的认出”逐出审判；尤其是那些医务人员提供的“传闻证据”，他坚决地要求不予以考虑。

这阵子——几周，几个月！——案情摘要正在归档。请愿书已经送达法庭。迪克曼要求换审判地。巴特的亲戚们也不来看他了。他父亲的哥哥，他住在埃尔迈拉的高中老师茜拉婶婶——最初，他们对巴特好像心怀同情，现在已经不怎么同情他了。他昔日最亲近的 Delt－Sig 兄弟会的弟兄们从没来看过他——一次也没有。

事实让人警醒——除了他母亲，没有一个人关心他的死活。

倘若他有个女朋友。她相信他无罪，对他不离不弃，到拘留所来看看他；参加他的审讯，坐在他的身后，这将多扎眼，让那些伸长脖子的看客们瞧瞧——这一定会给陪审团留下深刻印象的。

有时候，陪审团成员也会爱上被告。巴特似乎是想起了发生在泰德·邦迪那个臭名昭著的连环杀手身上的故事，当年他在佛罗里达的法庭上为自己辩护；或者是想起了罗伯特·钱伯斯，纽约的那个“预科生”杀人犯。

他父亲的人寿保险金二十万美元给了路易莎·汉森，而不是巴特；因为只要他母亲还活着，巴特就不是“幸存”的儿子，他就不能提此要求。而他父亲的“财产”——不管都有什么——还是属于他母亲，只要她没死。巴特问迪克曼他能否以那笔人寿保险金和他未来将要继承的财产，或者其中之一，作抵押从银行贷款——（尽管他没有看见过父母的遗嘱，但他认为他会继承的）——迪克曼安慰他不要这么做，这可能不是个好办法，巴特必须记住，他的媒体形象“不佳”，人们“歧视”他，这是个问题。

问题之一。

在证明有罪之前，我们是无罪的——这是个笑话。

巴特想：等这件倒霉事过去了，他要去参加电视脱口秀。他要就他的案子向美国大众提起申诉，看看他们会相信谁！

有好消息了：法官同意辩方把审判地换到西纽约州的尼亚加拉县，因为在伦斯勒—奥尔巴尼这个地区，这个案子已经引起了“广泛而持久的”关注。

对迪克曼来说，这是个胜利。还有个胜利，那两个声称在犯罪现场“亲眼看见”路易莎·汉森认出儿子是凶手的医护人员也不再出庭做证。

迪克曼说，控方并没有机会说服陪审团，因为他们所依据的不是物证而是旁证。

物证包括，譬如，指纹。

物证，还包括血迹，不仅仅是汉森夫妇衣服上的血迹，还有已经确认为巴特·汉森的衣服上的血迹。警察已经从纽约高速公路（东）第十九个出口处的休息停车点的一个散发着恶臭的垃圾箱里找回了那些衣服，但是这些衣服“太大众化了”，谁都可能穿这样的衣服。

很显然，这是凶手的衣服。毫无争议。但要确定这是巴特·汉森的衣服并不是件容易事，迪克曼辩护时会在这上面大做文章。

几月之后的审判大会上——在西纽约州的尼亚加拉县——那些沾满血迹的衣服会成为富有争议的热门话题。没有哪一个控方证人能够声称这些血迹斑斑的衣服一定是巴特·汉森的——或许这些衣服只是看起来像巴特的。

有几分，像是受了重金属乐队的影响——可是巴特身上既没有纹身也没有穿孔。

审判时，Delt－Sig 兄弟会的人站在了证人席上——他们身着西装、衬衣、领带，胡子刮得干干净净，局促不安，根本没有勇气看控告席上正在瑟瑟发抖的兄弟会兄弟巴特·汉森——谁也没想到，经过戴维斯·迪克曼的细致问询之后，没有一个兄弟会的弟兄能够毫不含糊地声称四月十一晚，巴特·汉森不在兄弟会。他们只是说自凌晨一点到大致早八点半这个时间段，他们不曾看见过巴特。

至于动收费“证据”——住在杜松大道的一位邻居曾声称，袭击案发生时他看到巴特的“探险者”停在汉森家的车道上——迪克曼给予的解释是：另一个人，巴特·汉森也不认识的人，听说巴特·汉森家境不错，趁着他在兄弟会睡着了，开着那辆“探险者”跑了三个小时二十分钟，到了东伦斯勒，强行闯入了汉森家，犯下了这桩可怕的罪行——这一切巴特并不知晓。这种解释即便不那么完全可信，但也绝非完全没道理。

这或许是我们这个时代计划最周密的案件之一——可能我们也发现了，我的委托人像他的父母一样，也是一位受害者。

随后发生的逆转让人大跌眼镜：路易莎·汉森，控方的主要证人，在控告自己儿子这件事上改了主意。

汉森夫人不仅没有指认巴特是那个杀了她丈夫并企图杀死她的人，她现在居然声称，对于那晚的谋杀，她什么也不记得了；她不可能说过那些警察声称她说过的话——荒唐至极。我都没看见他的脸。

这位女士受伤严重、多处残缺不全。在昏迷了近二十天之后，她才清醒。因为毕竟有一段时间她的状况很糟，所以她的理解能力和交流能力都有限。伦斯勒县控方办公室的任何人都不准见她。

那几周里，汉森夫人做了一堆手术——神经手术、眼睛手术、牙手术、整形手术。她做了个手术，以此修复她那条几乎断裂的左腿腱。她还做了肠胃手术，因为她的大肠发炎了，里面化脓了。她只能通过静脉注射进食。她长胖了点，之前她突然就瘦了下去。带着一种决不妥协的神气，就像是一个人努力把自己从黑海里拉出来，她的意识一点点清晰起来，她开始记起之前的事情。

斧子袭击案发生五个月后，在法院圈和媒体圈出现了这样一种流言：谋杀犯的母亲正在修改她的陈述；之后的一周，心满意足的戴维斯·迪克曼召开了一个新闻发布会，宣布路易莎·汉森“不仅拒绝起诉儿子”，而且还有可能成为被告的“主要证人”出席即将到来的庭审。

一些小报毫不负责，它们在标题里大肆吹嘘这次逆转：巴特的母亲声称：“我儿子不是杀人犯。”这对控方是严重的打击。

还有这样的标题，大脑受伤的母亲受害人声称：“不是我儿子干的！”

路易莎·汉森现在坚称她对那场袭击案没什么记忆，几乎什么都不记得了；伦斯勒的警员声称在房间里问询过她，但她对这之后发生的事全都没了记忆。她只有“模糊、混乱”的记忆，有人把她抬上了担架，然后用带子绑住了她的四肢，把她抬走了。

她可能还“模糊”地记得警笛声、上了救护车、到了医院。不过，她不记得看见她丈夫——她丈夫的尸体。显然，她也不记得看见她儿子拿着斧子，进了她的房间。

控方最初声称路易莎·汉森指出她儿子就是那个凶手，当时还伤了她。要驳倒这一点，迪克曼找了一连串的专业证人出席审判——一位神经专家、一位幻象方面的神经科学家、一位精神病学专家、一位认知心理学家，甚至还有路易莎在伦斯勒经常拜访的家庭治疗专家：一个人怎么能够承受如此严重的伤害，她的头骨碎了，大量的血从头皮处往外流，一只眼睛从眼窝里出来了，身上满是撕裂伤和极深的大伤口子；很明显，她当时吓坏了，袭击案发生几个小时候后，因为失血过多她变得虚弱不堪，怎么可能理解人们问她的问题，更不要说给出正确的回答？现在，路易莎·汉森要自己驳回控方的声明：那份由那个声称曾问过她是不是“她儿子”伤了她和她丈夫的警员的证词。少了医务人员的证词的支持，经过戴维斯·迪克曼的反复盘问，这个警员的话似乎也少了信服力，因为他也有可能被那桩可怕的罪行“惊呆和分神”，以至于他可能也记不清在他和这个受伤的女士之间到底发生过什么。

路易莎·汉森一上来就说，她确信巴特和这桩袭击案没有任何关系：倘若是他干的，她会知道的——毕竟她是他的母亲。她会知道的。

之后，她的气力恢复了一些，她的声音也大了些，路易莎开始坚称，她从没有指出过自己的儿子是那个凶手：这是个“彻彻底底的谎言”。

对于那晚，她已经没有了记忆——或者说，记忆少之又少。

事情变得“模糊难辨”——“就像是做了个梦”——只不过她确信，那晚巴特不在房子“附近的任何地方”。

审判时，为给自己的儿子做证，路易莎·汉森虽然话语不清但却坚定有力，法庭上的每一个人都盯着她；没有哪一个人比巴特·汉森更渴望这一切了。

路易莎说她不知道自己是否做了个梦——梦见了什么。她知道自己的头受伤了，做了神经外科手术，然后就不省人事了，之后又恢复了意识，之后又不省人事，同一堆止痛片一起“漂浮”——但有时候，事情没那么容易让人忘记，之前模模糊糊的记忆会像擦过的脏玻璃一样变得清晰，现在她可能记起来了——她的确记起来了——一个人，一个男人，一个“陌生人”——她记得“黝黑的”皮肤——脸上“有皱纹”——面孔“并不年轻”；有点像是络腮胡子，刮得短短的——“我想是人们所说的——山羊胡子。”

迪克曼小心翼翼地作总结：“汉森夫人，袭击您的人，肤色‘黝黑’、‘不年轻’、脸上‘有皱纹’，还留着‘山羊胡’，对吗？是谁，您没认出来？”

“我想是这样。是的。它可能是……”

路易莎仅存的那只眼睛闭上了，在眼窝里艰难地转动。尽管她的脸已经惨遭蹂躏，脆弱的身子也伤痕累累，但她凹陷的嘴上仍浮起一丝试图让他人放心的坚定不移的微笑，我没事，我好着呢：别为我担心！她睁开眼，眼神越过迪克曼，直勾勾地盯着自己的儿子巴特。巴特坐在离她不足十五英尺的被告席上，缩成一团，一脸的局促不安和惊慌失措。他变得老气横秋，头顶的茶色软发也变得稀疏了。皮肤肿胀，肤色也不好，就像是灌满了水。曾经，他的眼睛敏锐、狡猾、让人难以捉摸，就像是突然跳进池塘里的小鱼的眼睛。现在，因为长期的疲惫不堪，这双眼睛也像是经水泡过了一样。巴特的嘴虽然也这样，却隐隐约约地显露出一抹心怀希望的微笑。

在遭到介入的这十一个月里，这对母子俩几乎没怎么见过面。

“……可能是做了场梦。我不确定。”

“但是你是确定的，汉森夫人，那天晚上在房间里并没有看见您的儿子巴特？”

“噢，是的。这一点我是确定的。那天晚上，我没有看见我的儿子巴特，在我的——我们的——房间里。入侵者是个——陌生人。”

路易莎的右眼已经做了摘除手术，目前还没有装上假眼：虽然眼窝是空的，但看起来并不像个大深坑，反倒像是一团蜡融化在了里面。头骨和面骨都被砸碎了，还没完全愈合，就像是被重塑了一遍，却又不匹配；鼻子也被砸平了；身上伤痕累累、毁坏严重；嘴变小了，因为下颌被撕裂了；嘴里的牙齿所剩无几，装了一套简易的假牙。手术时头发都剃掉了，现在虽然长了回来，却稀稀疏疏，白蒙蒙一片。不过路易莎·汉森的亲戚朋友都声称从这张面目全非的脸上仍然能够看到昔日的路易莎·汉森，不会弄错。

这个可怜女人的身子似乎变成了一块一块的，脊椎缩成了一团，头向前凸着；走路很是费力，即便拄着拐杖，也还得让人扶着。不过，她周身散发出一种韧性，甚至是反抗性，这让她看起来非常地动人。为了出庭，汉森夫人自己打扮了一番，也可能是别人帮她打扮的，低调却又得体：深紫红色的西裤、白色的丝质衬衫、珍珠项链以及相搭的耳环。

在伦斯勒—奥尔巴尼地区，人们对这位“谋杀犯的母亲”兴趣浓烈，这种兴趣甚至成了一种对她的冒犯——而在尼亚加拉县，向西数百英里范围之内，人们对“这位被告的母亲”则报以同情，这种同情多少都有点病态了，因为路易莎·汉森的勇敢、她的沉着冷静，还因为她是个寡妇——她没了丈夫，自己差点也没了命。然而，她自己似乎既不觉得痛苦也不责难他人。

她把自己描述为女基督徒。我们家信奉基督，我的儿子也是基督徒。

巴特用拳头擦拭双眼。哦，天啊，他现在要哭了！

哭是内疚和懊悔的标志。他不会哭。

他郁郁寡欢、闷闷不乐。他备受侮辱——他兄弟会的弟兄们曾当众让他下不来台。在锡大的校园里，就算他变好了，也没有一个女孩愿意跟他约会。报纸、电视、网上到处都是他表情呆滞的照片——他很想反抗：那不是我！妈的，那不是我。

Delt－Sig 兄弟会的弟兄们为什么会屈从，会为控方做证？迪克曼给出的解释是：他们遭人威胁了，有人威胁他们，倘若他们做巴特不在场的证明，他们的行为就是帮助和教唆犯罪，干扰了司法公正。因此，他们最终认定巴特有罪。

不信任他，这才是关键。

至少母亲还站在他这一边。决定性的！

她——是她导致了这一切。她辜负了他。她打破了她自己向他许下的诺言，很多次了。比起对他的关心，她更关心她园艺俱乐部的那些该死的朋友。

房子四周的花坛里，栽种了颀长艳丽的荧光橙的鲜花——剑兰？很是奇怪，直挺挺的花却得用东西撑着，不然一场暴雨，就全趴下了。

路易莎·汉森的花儿当然让人印象深刻：长得非常漂亮，异常抢人眼。他母亲在伦斯勒女子园艺俱乐部多少算个明星——他在当地报纸上看到过她的照片——这在她看来意义重大。

他之前从没意识到她已经四十六岁了！——直到媒体提及此事。而他父亲，已经五十一了。

这么老了。巴特从来没有打算过让自己活那么久。

看到他们的照片，你会觉得很奇怪。你想到的第一件事是，为什么每一个人都会那么关注父亲，把他的照片印在报纸上？如果换了是母亲呢？

破了相的看着怪怪的脸，嗓音支支吾吾，仅存的那只眼睛凹陷了下去，身子脆弱不堪，整个人宛如遭人遗弃了的木偶一样瘫坐在证人席上——所有这一切似乎都在向法庭做出担保，路易莎·汉森所讲句句属实。要是她的证词和他人的证词有分歧，那是他们搞错了，或者他们在撒谎，反正不是她。事实上，路易莎·汉森提供证词之后，也很难再召回在她之前作证的那些人了。

对于巴特而言，审判进行到现在，他宛若置身于毒气烟雾中。像是被人注射了像奴佛卡因[①]这类的东西，为了保持清醒，他不得不任由思绪漫游。真该死，这么久也没吸过大麻了，他试着去回忆那种感觉，这能为他减轻点痛苦，给他点安慰。还有喝了啤酒后后脑勺的嗡嗡作响声，天啊，他也怀念这个了。他并不想要利他林或者其他兴奋剂，去他妈的。只需要让自己冷静下来

① 一种药，临床上常用于局部浸润麻醉和神经阻滞麻醉。

——就像，冥想。他坐在被告席上，双臂抱在胸前，努力让自己不被肠痛打倒。尽量别皱眉，这是迪克曼给他的建议。妈的，他现在可没皱眉！

出了法庭，人们对迪克曼还是纠缠不休：你的委托人会出庭做证吗？他会自己为自己做证吗？

迪克曼面无表情却又礼貌地回答，不会。

不会？为什么不会呢？

这个词有哪儿您不理解吗？**不一会。不会**。

巴特认为他应该出庭——你要是不出庭，人们会以为你有罪。但是迪克曼甚至连谈都不跟他谈这个。坦率地说，巴特的压力没那么大了，他看到那些一开始自信满满的控方证人出错、丢脸，要么就是被精明的（似乎）不知廉耻的律师问得像是他们在撒谎。就像那个声称在路易莎·汉森伤势很重的情况下“问”过她问题的警员——他之前声称路易莎以点头的方式回答了他的问题——只几句话，迪克曼就让那个家伙大出洋相。

迪克曼是如何做到的，这真是个奇迹！巴特不得不承认，你绝不会希望这个家伙站到你的对立面去。

最少也得五百美元一小时。另外还有“辩护团队”——看起来，年轻点的助手也有半打之多。

巴特说过，他不确定能否付给他钱——或者说什么时候付钱。迪克曼把手放在他的肩上，就好像巴特·汉森是他自己的儿子一样，说道我的费用不是问题。让你获得自由才是问题所在。

巴特对自己说，待这场厄运过去，他真正的人生要重新开始——他要去找一位大学顾问，咨询一下上法律预科的事。

学习公司法。学习运动受伤法。那些家伙赚了大钱！

刑事辩护法，他认为自己驾驭不了。不能和戴维斯·迪克曼比。你必须机智，还得有点奸诈——机警。这就像下象棋，你得能找到一条牵制你对手的路——迫使他把棋下到对他不利的地方。

尽管如此，巴特对迪克曼仍然很是感激，因为他让巴特看到，倘若不是巴特干的，这桩斧子袭击案有可能是怎样的。这是可能的——某个人，也许是兄弟会的一个弟兄，把车开到了东伦斯勒……证据确凿，是可靠原则。

巴特母亲的证词结束了。之后，似乎再没有重要的人或事了。巴特的母亲并没有退庭，只是坐到了被告席后面。她像戴孝的女人一样穿了一身黑，也许是别人帮她穿的，显得非常沉稳和优雅。让巴特欣慰的是，她身边坐着照料她的亲人。

她会帮她出法学院的学费的。任何事情，只要和上学、上课、自我提升相关——她都会给予支持。父亲的态度则是——好吧，我们试试——所以，你能看出来他心存质疑、困惑，等着看巴特把事情搞糟。

这怎么就是我的错？他也曾想要求他们，你们怎么不多生几个孩子？出众的孩子？想想，如果你们还有别的儿子，他们是不是会比我巴特更让你们脸上有光？妈的！

真是好笑。他父亲居然没有一次是站在他这边的。

五周半后，审判结束了。陪审员们商议了七十个小时，之后，法官得到了这样一条消息：陪审团陷入了“僵局”。

九个陪审员投了有罪，三个投了无罪。

只需要一个就够了。我们会找到那一个的。在此之前，迪克曼并不曾想到，他会找到三个！

这——令人惊讶——几乎难以置信——陪审团做出决定之后，巴特立刻就成了“自由人”，法庭上一片哗然，甚至连法官也直愣愣地盯着他。

像个动物似的被人关起来已经好几个月了，现在他是个自由人了。

巴特走到母亲身边，在被告席后面坐下来。巴特弯腰抱住她，二人一起哭了起来。

我爱你，我亲爱的孩子，我爱你。你是我心爱的心爱的孩子，我很爱你。

我也爱你，妈妈。

此刻，他多希望自己没跟那么多小伙说过他恨自己的父母。倘若有不测发生，他们也是罪有应得。

好吧，这话搁那老头身上已经灵验了。在母亲这儿则不灵。

妈妈，我很抱歉！哎，妈妈，我爱你。

巴特，我知道你是真的。我知道你爱我。

控方成了可怜的失败者，撂下狠话还要再审巴特一次。迪克曼安慰他，这不可能。他们不可能颠来倒去地操纵路易莎·汉森的证词——再审判，还是会悬而不决。只需要一个就够了。

审判结束后的几个月里，巴特的母亲接受了采访——报纸的、电视的，这让很多旁观者都大吃一惊。这位柔柔弱弱的女子，脸看起来就像是融化了的蜡，少了一只眼睛，嘴巴也凹陷下去了。她坚称自己的儿子同她的受伤毫无关系，同他父亲的死也毫不相干。这一切颇让看客们着迷。

她以一种恳请的口吻说道，除非你是他的母亲，你才能了解他。

孩子的内心深处有个地方，只有当母亲的才会了解。

有线电视节目里，那些记者们似乎很同情路易莎，在他们的引导下，她开始主动讲一些往事。过去，她是个“年轻的、不成熟的母亲”，得吃镇定剂和安眠药，因为母爱“泛滥”——她想成为一个完美的母亲，忘了是人就会犯错的道理。

因此，她认为有那么些年，她把儿子弄丢了。从孩子五六岁时开始，到——哦，可能是十六岁——还有可能——直到现在。这不是他的错，是她的错。

她给当地的报社写了封信，谴责伦斯勒县的检察官起诉她儿子的不公，他们从不努力去查找杀死她爱夫的真正凶手。就像是，他们就认准了是他儿子，对其他任何人都没了兴趣。

这封信被多次复制，出现在印刷品里、网上。

> 纽约伦斯勒县检察院，我恳请您，请不要再骚扰我的儿子，恐吓他说要把这桩原本与他毫无关系的案子再审一次。我恳请您，请让经历了这场灾难的我们好好地生活，我们正在努力这样做。
>
> 您真诚的：路易莎·汉森

奇怪的是，路易莎·汉森很少提及她过世的丈夫。就好像那场过去了的灾难只是发生在她和她儿子身上。

儿子陪母亲出席各种采访。有时，儿子也会同意和母亲一起接受采访，尽管迪克曼极力反对这样做：毕竟还有再审一次的可能。

小报、有线电视的采访，一次三千五百美元的酬金。他们缺钱：路易莎·汉森拿到的那二十万美元的保金付了巴特的法律费，一个字儿也不剩；位于杜松大道二十九号的房子也只能以比市场价低的价格卖掉，用以支付迪克曼那儿还没付清的账单，母子二人的日常开销也需要钱。

博尔顿的房产，价值一百万，好几个月前就已经挂到市场上进行出售了，少得可怜的几个想买的人也看过那房子了。摇摇欲坠的老阿尔贡金房子得大修，暴风雨毁掉了乔治湖边的码头，碎石铺的车道也差点被冲没了。

路易莎和巴特·汉森成了东伦斯勒小镇人们眼中最熟悉的一对儿。汉森夫人在这儿买了一套有独立产权的两居室公寓。公寓位于一栋新盖的白得耀眼的高楼内，地处居民区，临近第一圣公会教堂，从这儿去伦斯勒社区大学也很便利。巴特在那儿能授予学位的企业管理专业注了册。身体的种种不便使得路易莎无法开车：要去哪儿，巴特开车带她去。那辆“探路者”也得卖掉，因此巴特开的是他父亲的暗褐色的功能健全的雷克萨斯。他开车送母亲去会诊，去做头发，去镇里的图书馆，去伦斯勒第一圣公会教堂，去她信得过的忠实的朋友的家中，去那几个女子俱乐部。

路易莎在采访中说我现在除了巴特一无所有。我要用尽我的生命为我的儿子洗脱罪名。

有那样一些人——路易莎的娘家人、亲戚、朋友——试图与她讲道理，暗示她，和巴特同住可能有危险。路易莎直截了当地打断了他们。荒唐！

有足够的钱生活——仅仅是舒适的生活。之前，巴特天真地以为会有数百万的财产，根本没有。巴特想，简直是在跟他开玩笑！劳伦斯·汉森死了，他之前的有辱名誉的套现基金投资也变得问题百出，资产混乱一片。而且他之前都没有对博尔顿的房产进行过持续性维护。

* * *

母亲得花不少钱，巴特对此很担心，他开始谴责父亲——“妈妈，他死后应该给你更好的照顾的。在这个事上，他似乎总在说大话。”路易莎敷衍地为劳伦斯辩解——“好了。你父亲是爱我们的。他只是不知道该如何表达他的爱。他是个好男人”——“是的，妈妈。”巴特随声附和道。

去教堂时，汉森一家备受人瞩目。他们很少缺席周日的教堂礼拜。他们的座位是圣餐台边的第四个，对着讲道台。巴特陪着母亲耐心地走道儿，母亲一手拿着拐杖，一手扶着巴特的胳膊：她只有他半个大了，又矮又小，背也驮了。不过，她对所有同他们打招呼的人都热情并友善。而且，她总是穿暗色调的衣服，看起来非常雅致。教堂活动之后，巴特开车带路易莎去女子乡村俱乐部，或者去园艺俱乐部，吃一顿豪华的周日早午餐。巴特是参加聚会的唯一的儿子。

人们像被施了催眠术一样，盯着他们看。

你知道那是谁。他们是谁?

那个儿子做了……

既没有女孩会介入，也没有虚伪的兄弟会弟兄。

他当然不再参加兄弟会了。再也不会诚心诚意地向任何一个该死的兄弟会起誓了。巴特吃一堑长一智。

还欠 Delta Sigma 公司大约一千美元，还有一些罚金。去你的，起诉我吧，巴特想。

他伦斯勒高中的大多数朋友也都消失了。他在网上有上百的朋友。

他的网名是破云者、赫拉克勒斯二世、黑色安息日、热迪克。他从没有跟网上的人见过面，毕竟——你怎么能够相信他们就是他们所声称的那个人呢?

可能就像 Delt－Sig 兄弟会。一朝被蛇咬，十年怕井绳——很多时候，这就是人性。

尽管如此，他力图让自己不要变得愤世嫉俗。在教堂里，他挨着母亲坐下，凝视着牧师的脸，点头、微笑，倾心聆听，融入其中。

上帝饶恕。我们无法理解上帝。

唯一的一次漫长的车程是巴特载着路易莎去奥尔巴尼医学院的医疗中心，那家中心要求他们去。在那儿，路易莎见了一位主治视力下降的神经专家。路易莎仅剩的那只眼睛的视力开始下降了，出现了眼前闪光、偏头疼的症状。路易莎告诉巴特，在她的噩梦里，某个丑陋、锋利的东西满天飞——像只狂躁的蝙蝠，但又不是活物。

“是。”巴特用拳头摩挲着自己的双眼，咕哝了一句。“我也梦到了那个怪东西。”

路易莎愣住了。巴特意识到，他刚才说错话了。

“嘿，我的意思是——是。某种像那样的怪东西。”

巴特在神经科的入口处把母亲扶出雷克萨斯，之后，他把车开进高高的停车场去停车。不一会儿，他急匆匆地回到了她的身边，因为他看见她朝入口处的旋转门走了过去，费力地走着。就好像她下定决心要证明自己尽管身体虚弱，也能走路一样。巴特跟在她身后——“嘿，妈妈。等会儿。让我把——”让他生气的是，要不是他及时返回制止她，她可能已经跌进旋转门里，拐杖可能已经卡住了，她可能也已经被击倒了，情况甚至还有可能会更糟，就像是仰卧的甲虫一样被拖进去。天啊！巴特的声音里有淡淡的烦躁，不过很快就散了，没有了。

路易莎·汉森和她的儿子巴特是神经专家套间的常客了。接待人员和他们打招呼时直接叫他们的名字，护士也这样。“我儿子。”当护士喊她名字的时候，路易莎紧紧地抓住了儿子的胳膊肘。儿子一脸的忧郁，却也帅气，个子高高的，把母亲罩在身下。母亲满脸的伤疤。这一切和圣母怜子图里的情形恰恰相反。“我儿子要陪我进克拉考尔大夫的办公室。”

平板车

给亨利·科尔

她喜欢以这样的方式想象他。

某种平板车。比如，那种挂在小卡车后面的平板车。

他躺在平板车上，一堆铁链子捆住了他，这样他的手腕、脚踝就都不能动弹了。

他坐起身子，发现自己被捆住了。这种姿势很难受，一定会拉得他的后背、脖子还有双腿生疼。

他昂起头来，双眼警觉地察看。

平板车正沿着州际公路向前行进。

天空下起了雨夹雪。没有风，雪花从青铜色的天空垂直落下，大多数的雪花落地即化。

他看不见正开着这辆卡车的人。

困在这辆平板车上，他没法移动，只能使劲儿拉拉肩膀、动动头，因为一旦用力拉扯铁链，他的手腕、脚踝就会流血。他尖叫过——但是不再叫了。喉咙疼痛难忍，他已经精疲力竭。

他脸上的雪花就像是融化了的眼泪。

* * *

G. 会知道困在平板车上的自己正要被拉到哪儿去吗？

G. 会猜到这是要去屠宰场吗？

他问，是我吗？是的，没错。

那人是 N.，他出乎意料地闯入了她的生活。

他是那一堆男人中的一个。她逃避、拒绝他们中的大多数，找理由让自己讨厌他们。有时候是因为他们对她的喜欢戛然而止——其中有个人曾刻薄地说过你不配有美丽的脸蛋。

她没有必要问他配有什么？

再不就是因为她突然害怕起他们来，害怕所谓的引诱男人。

因为没有男人会喜欢自己被人引诱。

但是 N. 与众不同，她也不知道这是为什么。她发现自己会经常想念他。可能是出于女性通有的情感渴望。可能是因为她害怕自己被剩下，或是被人发现她是个不洁的女孩，也就是说，被人糟蹋过多次的、没得救的女孩。再或者是因为她爱上了N.，就像一个妙龄女子可能会爱上一个男子——她几乎无法承认这种想法。

一个年轻的正常的女子，和一个男子相爱了。

但是现在出了问题。既羞耻又痛苦，她饱受煎熬。

这是第二次了。又一次，她的身体拒绝这个男人。这很微妙，她的身体悄悄地变得僵硬，就像摆好了姿势、刚要开始做高危动作，比如，高板跳水，却突然紧张了。

它对这个男人的拒绝既不明显，也不生硬；虽然不易察觉，但也并非让人感觉不出来。她身体中的每个分子都在战栗，不不不。

她开始发抖。抽搐性的发抖，停不下来。

在她自己的床上，躺在这个男人的怀里，她莫名其妙地抽搐、发抖。对于她而言，阻止它的方法只有一个——紧咬牙关，因为一旦放松下来，她的双颚就会颤抖，牙齿就会打架。

让人懊恼的是，她的身体，就像是受了惊吓的小孩的身体，又像之前一样闭合上了。

当着另一个人的面，一个如此亲密的人的面，牙齿在打架。

她说，不。不是你的原因。我……

短暂的寂静。N. 认真地听她讲话。他的呼吸嘶哑而急促。

她没法勇敢地对他说，不是你的原因，我爱你。

他说，好吧。那么是有什么事，你还没有告诉我吧。

她说，我认为没有。

随后她又换了种说法，因为刚才那话听起来太像是自我防御了，我——我不知道。我认为不是这样，但我真地不知道这是为什么。

还有什么事是我所不知道的。

他把手放在她的身上，尝试着爱抚她。就像你可能会把手放到吓到了的瑟瑟发抖的狗的身上，安慰它；让它放松下来、安静下来、情绪好起来；这双充满力量的手里蕴蓄着信心。

我猜有人伤害过你。想和我聊聊这吗？

这样的情形究竟有多少次了，她都不愿意去细数。

第一次很让她痛心，当时她十九岁，那是她的第一次。之后有了第二次，第三次——每次都令她扫兴、使她蒙羞。

这可能仅仅是第四次。但对她而言，这似乎也是最后一次了。她二十九岁了：不会有更多的机会了。

小姑娘时，她对性的反应就和其他人不一样。听到其他女生谈论性，她就会觉得不舒服，她的女朋友们因此还笑话过她。

大点后，她擅长于躲开任何可能发生性行为的环境。她渐渐地喜欢上了男孩或男人的相伴左右，通常他们也喜欢陪着她——但那时的她已经明白，倘若让那份爱慕进行下去，后果或许并不美好。

给人错觉是残酷的。诱惑人，再把人拒绝掉——则可能是危险的。

她无法预料自己的身体会作何反应。喝上几杯无济于事，甚至当她觉得自己是爱着对方时，也不行。

好似眼睛被碰了一下会眨眼，盆底肌会自然而然地变紧，它被吓到了，随即就撤退、畏缩。

就好像这个男人触碰她、寻找她身体的入口，是对她进行伤害和折磨的工具——她得把他击退。

条件反射似的惊恐。抽搐似的颤抖。她身体中的性的那部分似乎很活跃、充满着渴望，现在却反而像拳头一样闭紧了，就好像闭合的原因是出于对这个男人的渴望。这给她带来了可怕的令人窒息的恐惧，她深陷于这种恐惧之中，觉得自己孤苦无助。

不。这是她的身体在默默地疾呼——不。

一个男人的性欲被挑了起来，之后却又被拒绝了，这样的话，这个男人可能有理由认为自己遭到了严重的亵渎。严重的冒犯。他有理由从这个女人身边起身，穿上该死的衣服，离开，再也不回来。

她没法抗议。她仅仅只能喃喃自语，对不起。

她无助地躺在深坑的底部。她的身体就像是一个害怕被性侵的孩子的身体。她牙关紧咬、瑟瑟发抖。

N. 说话了。你要告诉我吗？谁伤害过你？

她回答，没有。求你了。

没有？我不相信。

她设法让自己停止颤抖。咬紧牙关，这样牙齿就不会打架了。那结束了，这些令人痛心的景象。

直到最后，N. 说，嘿，没事。我们会好起来的。

N. 话语亲切，带着点刻意为之的欢愉。这是她爱他的理由。

尽管他对她来说，多少是个谜——她对他的了解并不多，除了私下的亲密。

她算过，他至少比她大十五岁。她听说他有孩子；离婚了，孩子差不多快成人了。他对他的前妻——私下里也好，法律上也罢——都心存某种怨恨。他的生活里有一桩家庭悲剧——有个孩子早夭了。

他拐弯抹角地谈及了这些。不过，她也因此知道了，此刻的他，并不介意谈及这件事。

眼下，他似乎已经理解她、原谅她了。虽然她紧闭的身体拒绝他的抚摸，但这并不是对他的拒绝。

上一个抚摸过她的男人曾试图同她做爱，她对他的爱比不上她对 N. 的爱。当时那个男人还生气了——粗鲁地问她——这个问题，有没有去看过医生。

还问她，之前有没有过同样的问题？

她采取过什么措施，或者努力做过什么，来解决这个问题。

性冷淡。害怕。

性恐惧，恐惧症。

没法呼吸。没法忍受。

对不起，对不起。

没有哪个男人愿意去认为，这个女人的身体正在拒绝的是他。他们必然都会这样想，是这个女人有问题——她身体有病，精神也有问题。

然而 N. 却说，我想，我们得慢慢来。别急。

她听见自己低声说了句，好。就像蝉在她耳边嗡响了一声。

我块头大。又重。比我看起来还重。可能是我吓着你了。也许你的身体以为我要把它压碎了。我们可以换个方式。等到，你知道的——等到你认为你自己准备好了。

她听见她自己又小声地轻轻地地答了一句，好。

我们有足够的时间，对吧？怎么样都不必着急。

不必着急！她希望自己也能这么想。

只是：我今年已经二十九岁了，不是九岁。我希望我的生命能有一个新的开始。

她和 N. 相识差不多有十八个月了。他们既非恋人，亦非朋友，只是熟人而已。他们是在一次职业联盟会上认识彼此的。她，年轻点，女性，新员工；而他，年长一些，男性，有一定的权势。

N. 不是她的老板。当然，N. 是她的上级，但是她和 N. 没有直接的隶属关系。

他们的交汇纯属私交，不存在利益纠葛。他是她的私交。

真的不用着急吗？性爱不总是迫不及待。

他可能会去找其他的女人吧，她想。女人多的是。

年轻的，其貌不扬的。事业正处在起步期的。

还有那些女人，单身的、离异的，甚或寡妇——像 N. 这样的男人根本不用大费周折。

不过 N. 当初对她似乎是一见钟情。初次相识是在接待处，当时他的双眼里迸发出了猎人才有的精明目光。她一个人来的接待处，穿着一身黑衣：差不多及踝的黑色丝裙，无袖的黑丝上衣，外面套了一件黑色天鹅绒夹克，就像是纤细的躯干上戴了只手套。她把灰色的长发编成辫子，盘在头上。他和她打招呼，一脸疑惑地盯着她看——他并没有立刻把她认作艺术基金会的年轻女子，她太年少，不像是个助手。随后，他很是尴尬。他说，我很抱歉——我还以为你是别人。

她俏皮地问，是吗？谁呢？

这两人中间的有些事情似乎是已经注定好的了。虽然他们在接待处各自招呼其他的人，但是等旁人都散了，他们又聚到了一起。N. 问她，怎么样，能赏光陪我吃个饭吗？

N. 是对的，她希望自己也能这样想：他们俩没必要着急。

但是当他们又一次试图做爱时，她的身体又蜷起来了——这是怎么了？

她很为自己的性羞耻觉得难为情。倘若这是这一切的原因。

她反感去看理疗师，也从没去过。她觉得自己没那么脆弱。

让她释怀的是，N. 好像原谅了她。他对她又亲又吻，以此抚慰她，好让她变得热烈起来，这样她就不会发抖了。太好了，这个男人没有抛弃她。

听人说 N. 性子很急，她没亲眼见过，是艺术基金会的一些人告诉她的。N. 很拿手做会议发言。开会时，谁要是说话吭吭哧哧，就会被他打断。除了打断他人的发言，他还会当众驳斥他人。他的这些行为曾让那些人大吃一惊，也因此给他们留下了很深的印象。他最喜欢的一个词是胡说八道。另一个词是行了！——意思是讨论到此为止。

据说 N. 从没有攻击过年轻的雇员，他只攻击那些和他地位相当的人。

据说，根本就没人愿意激怒他。

躺在 N. 的怀中时，她还在发抖，不过阵发的频率变小了。恐慌正在消失。

那天她提前铺了床，新洗过的床单现在变得湿漉漉的、黏糊糊的。头顶的吊扇有气无力地转动着。这个秋天暖和得有些不同寻常。他们赤身裸体，满怀希望——或者说曾经满怀希望。现在，他们紧握双手，就像是精疲力竭的游泳者被冲到了岸上。

她感觉到了N. 腰部的赘肉，还有他背上的肉：他的后背上隆起发达的小肉突，形成一个个的小坑；后背上有粗糙而稀朗的汗毛，分布在两侧。与一个了解甚少的赤身男人厮磨在一起，想象着自己可能是爱他的！这感觉真是奇怪。

所有的爱都是绝望的。这是我们的秘密。

她的手指去摸索他的阴茎，一分钟前它还那么坚挺，这会儿却变得疲软、虚弱、松垮垮的；他的手指握了上去，轻柔地推开她。这让她觉得自己刚才那么做让他有点不快了。

嘿，或许我们得喝一杯。也许那样会有效。

她不确信自己的LOFT[①]里是否有什么喝的。她的新家是重新改造过的仓库里的几间仓房，远眺能看见一条河。几个月前，一位朋友庆祝她搬家，曾带来过一瓶红酒。她没有打开，但也不确信把酒放哪儿了。

她还从未用喝酒来解过忧。要解忧，喝酒是再好不过的了，但是，她最好不要尝试。

---

① 此处的“LOFT”并非传统意义的“阁楼”。二十世纪四十年代，美国纽约出现了新的居住方式，艺术家和设计师们将废弃的厂房、仓库等分隔改造为生活、工作、休闲等空间，集开放性、流动性、透明性、艺术性等为一体。

他劝她喝点，就从他的杯子里啜一小口。于是，他们出了门，到了一家他称之为希腊小酒馆或是乡村酒馆的门前。这个小女孩从这位年长绅士的酒杯里啜饮，直到她自己开始咳嗽、说不出话来才停下来。这场景真是可爱。

之后，他递给她几块巧克力薄荷糖，以压住酒味。

我们的秘密。就只有小宝贝和我知道。

N. 说，塞莉，告诉我你在想什么，就在刚才。

她想不起来了。她刚才在想什么?

她说，我喜欢你叫我的名字，这让我第一次爱上了自己的名字。

这两人都还想黏在一块儿。N. 或许会吻着她睡去。

N. 觉得自己同她待在一起很舒适，即便是发生了那段糟糕的小插曲，他仍对她充满信任。这一点深深地打动了她。

当她躺在这个男人的怀里时，她已经相当困了。夜很深了:差不多凌晨两点了。她却又浑身不自在起来。她的皮肤紧贴着他的。尽管他近在耳畔的声音让她觉得很是欣慰，但他沉重的呼吸声却让她难以成眠，就好像这是 N. 的床，她进入到了 N. 的生命里，她被 N. 吃掉了。

她的大脑异常活跃，各种不切实际的、迅疾的想法就像漫无目的的钉子一样四处乱飞。以往，当她与别人关系过密时，就会出现这种情况。

害怕一个人，不仅因为他力大无比，而且还因为他可能会问你一些出乎你意料之外的问题。

当然，还害怕那个人会惩罚你。

她仍然觉得冷。手脚冰凉。

这个男人的强壮的大身子占了她整个床的大半个，她紧紧地贴着他温暖的身子。

真冷！彻骨的冷！

似乎她的生命，一个仍然年轻的生命，突然转向了一场为时过早的结束。这就像是一辆行驶在盘山公路上的失控的汽车，你只能看见前方几步之遥的距离，看不清更远的路，下山的路陡峭并且没有别的选择。

她想恳请躺在她床上的这个酣睡着的男人，不管怎样，爱我——行吗？我想——我会爱上你的。

她从没有跟任何人说过。从没有。

她十分清楚这一点。七岁？八岁？还是十岁？——总之，当时的她就已经知道了——不能告诉别人。

因为你一旦告诉了别人，覆水就难收了。

在这个家庭，这个家族。这是个大家族。

这真是个大家族。倘若你闭上双眼，想象着把所有的人都聚集到起居室里，让他们有人站着、有人坐下，围着高至天花板的圣诞树排成半圈，到最后，起居室还是容纳不下所有的人。

在这个半圈的外围，总有一些黑乎乎的人物，容貌不清不楚、身份也难以确定。通常是些高个子的男士，他们的脸有一点点模糊。

或许你能够认出他们是谁。不过，你没法真正地看清他们。

有时候，这些人是坐着的。事实上，他们是坐在地板上。

他们同那棵闪闪发光的圣诞树坐成一排。那棵圣诞树让人称奇，光彩夺目、熠熠生辉，尚未干枯的松针散发出浓郁的香气。只要一想到这儿，就让人想哭。

眼睛湿润了。一次心动之旅。

想哭但不会哭。永远都不哭。

她是个生性胆怯的孩子。怯生生的，但精明。你可能会错把羞怯当成迟钝、沉默寡言当成愚蠢、精疲力竭当成身体虚弱，但是你错了。

他给过她忠告这是咱们俩的秘密，美好却私密的时光。

他警告过她这是咱们俩的秘密，美好却私密的时光。

因此，她从没有告诉过外人。

(能告诉谁呢？不能告诉紧张兮兮的母亲，也不能告诉脾气暴戾的父亲。每当她出现在他们面前，通常情况下，他们都会吓一跳，然后对她微笑，就好像是她给了他们一份出其不意的幸福的惊喜。意料之外的事情诸多，但幸福的惊喜唯此一份。又好像是他们莫名其妙地把她给忘了，而她的出现成为一种幸福的暗示。年纪尚幼时，父母就使她有了这样一种认识：她使他们的生命变得幸福，虽说她也是他们生命中的一场“意外”——我想我们几乎，已经厌倦了——我们的婚姻——就像过家家一样——我们以为，我们的孩子已经够多了：四个孩子了！天呀！随后——我们亲爱的……)

(之后，上了小学，这样的事情还发生她的身上，她仍然受役于他——她不能泄露他的身份，她没法告诉老师，也没法告诉别的孩子，甚至连她最好的朋友也不行——尤其不能告诉那些最要好的朋友。有人曾经泄露过不这么重要的秘密，他们的经历让她明白了，说过的话会像吐在风中的痰一样会飞回到说话人的脸上。从此以后，那个告诉别人的人就成了告密者；在他人的脑海里，那些发生在你身上的真事将不可逆转地与你本人混为一团。)

谁也不知道。谁也不想知道。谁也没有问过她。

这是个大家庭，而且富有。市中心有一条街、一个广场还有一座体面的老办公楼都印有班克罗夫特这个名字。班克罗夫特散发着自满和自大的味道。

哥哥姐姐、堂兄堂弟、堂姐堂妹、婶婶阿姨、伯伯叔叔、爷爷奶奶。

这一家人非常善于交际。大多数时候的晚上，那栋古老的维多利亚大房子里访客不绝。

在这样的情形下，你可能会以为，一个小姑娘，倘若受到一个（上了年纪的、男性）亲戚的特殊关照，应该会有人注意到。但是，你可能错了。

我的宝贝。我的心肝。我把她宠上天了——她是我最小的孩子。

每个人都喜欢她！他们只是情不自禁。

她母亲当然喜欢她。不过大多数时候是有旁人在场的时候。晚宴开始，会有人把她拿出来炫耀一番——淡褐色的卷发、特制的宴会裙、精致的小鞋子——然后就有专门负责此事的保姆把她抱上楼。

告诉她的母亲！她做不到。

她能够提前想到：母亲脸上的表情。

惊诧、受伤、不相信。不不不不不——这不可能。

告诉她的父亲！当然更不行。

她可能会向 N. 解释这一切。倘若她不解释，她可能会失去他。

倘若她解释了，同样也很有可能失去他。

是的，当然了，小时候，大人们会定期带她去看医生。

家庭医生（男性）是一位儿科大夫，她母亲的熟人。因此，每次去看医生时，母亲和 T. 大夫都会在检查室聊天。

那些检查不过是例行公事似的敷衍了事，并不会查检孩子衣服之下的身体，也不会带来任何创伤。根本没有必要查验身体。更何况孩子那友善并长于社交的母亲还在现场。

拜访 T. 大夫的办公室通常是为了“加打”疫苗，有时是为了清除耳垢。

她是母亲的心肝儿，不冷不热地忍受着这些拜访。年纪尚小，她却已经学会了扮作老成的技巧。

后来，进入青春期后，她不得不忍受妇科检查的耻辱和疼痛。

大夫给她母亲看过病：是位妇产科大夫。

当大夫检查她那对坚硬的小乳房时，她觉得既疼又丢人。不过，她没做任何反抗，只是紧紧地咬住下嘴唇直到渗出血丝。

骨盆检查很是粗鲁，她被吓坏了，她的身体也因此变得僵硬并颤抖不已。因为害怕和困惑，她开始大哭、大笑、使劲儿呼吸——不可能发生在她身上的事，现在却正在她身上发生——更糟、糟透了，比那些她已经开始遗忘的孩提时代所受到的折磨更疼、更吓人；身纤体弱的她发了疯似的拳打脚踢，检查不得不中止，以免伤了给她做检查的大夫和她本人。

她母亲陪她去的妇产科大夫办公室，但是她当时已经十四岁了，似乎很镇定自若，她请母亲待在候诊室不要进去。之后，她那可怜的惊呆了的母亲不得不在护士的召唤下急匆匆地跑进检查室。

几分钟之后，歇斯底里的女孩安静下来。刚开始做检查时已经量过了血压，当时是一百、六十；歇斯底里症发作后，她的血压变成了一百三十六、六十。

作为她母亲的朋友，这位大夫既担心又恼火。

她让母亲把女儿领回家。检查结束了。

她吓着了，很敏感。或许换个时间，我能给她再做个盆骨检查。不过今天不行。

回家的路上，她不得不安慰她的母亲，向她保证，她没有遭受性侵的“创伤”记忆。

后来，她偶然窃听到母亲以一种悲伤的口吻告诉父亲，至少我们知道她是个处女！

然而，几年之后，独居的她，自己一个人去妇科医生（女性）那儿做例行体检，同样的事情再次发生：震惊、歇斯底里。

只不过那时候，天呀，她已经二十三岁了。

虽然从技术上讲，她仍是个处女，但已经不是那个活泼的豆蔻少女了。

通常情况下，她尽量少看医生。她“百分之百的健康”——她是这么认为的。但是为了办理与新工作相关的医疗保险，她就不得不例行体检，这其中就有妇科检查。

她再一次成功地忍受了乳房检查，但是盆骨检查如她所记得的那般野蛮。妇科大夫是位华裔女士，技术高超、言语温柔；她一边检查一边解释，似乎这样能够安抚她的这位紧张的病人；她向她展示了张口器——（是那个词吗？它特有的发音让她颤抖）——这对她来说是个刑具，男性下体的拙劣模仿，让人难以忍受。不情不愿地躺上检查台、把脚放进马镫里、屈膝、两腿分开，她畏缩了，一如十四岁时的她；之后，她的下嘴唇会渗出血丝，她几乎要把它咬穿了。

年轻的女妇科大夫很是担心。她没法完成这项检查，因为她无法进行白带常规取样。这样，也就根本没有办法知道这位躺在检查台上战栗不止的年轻女子是否患有阴道感染，甚或——更严重的疾病。

我很抱歉！天啊。请原谅。让我们再试一次吧。

这是理智之声。她最好的自我。但是那个曾因受了伤害而颤抖、害怕继续受伤的孩子——自我，一直都在那儿，等着这个最好的成人自我坍塌。

但她做到了。她紧紧地抓住皮质检查台的两边，把自己战栗的双腿分开，女妇科大夫再次插入张口器，打开她的阴道，开口很大，就像是娇嫩的鲜花被打开了，暴露在了刺目的骄阳下。

随后如释重负，张口器拔出来了！

我在流血吗？不过血不会一直流的。

流血是正常的，血会凝固的。

不过，检查还有好多项。妇科大夫还没有结束。她把戴着胶皮手套的手指头插进这位年轻女子的阴道里，按压她的小腹以确定有无肿瘤、有无缺陷。最后，是直肠检查——很快就完了，没那么疼。

阴道里有伤疤，像头发一样细小、已经褪了色——柔润的子宫壁上也有。这位妇科大夫说了这些话，一脸的困惑。

你生过病吗，传染病？也许，是多年以前的事了。

她摇了摇头，没有。不知道。

或者某种——事故？或者……

停顿了好一会儿。令人尴尬的停顿。

直到最后，陈大夫说，它现在已经好了。不管发生了什么，它现在已经好了。你性交时会疼吗？

她摇了摇头，不。她又是皱眉又是话语含混，像是在暗示大夫，这是我个人的私事！

这位妇科大夫看着她，一脸的——同情？可怜？

她想这个女人知道了。她是我的姐姐。

陈大夫认真地说，你有没有任何问题要问我？几天之后我们会收到白带常规结果，到时候我们会给你打电话。

可怕的检查结束了。胜利了，这位战栗着的年轻女子从皮台上坐起来，屁股下面的卫生纸也站了起来。纸上有一滴润滑剂，还有一滴勉强可见的血点。

谢谢你，大夫。

她面带微笑地走了。吹着口哨。

别人不会知道那些美好的时光的。咱们俩的秘密。

返回的白带检测结果是良性。事实得以确认，她健康得很。

很长时间也不用去看任何大夫了。

N. 说，我们得谈谈。

N. 一脸严肃，久久地凝视着她。他请她坐下，别动。N. 在场的时候，她总想四处走动，譬如，走到窗前，紧张不安地望向街道。隔壁 LOFT 的电话铃声分散了她的注意力。

为了让他开心，她打算跟他聊聊她曾经有过的一个“跟踪者”——当时她还在上大学。

他生在国外、皮肤暗淡、神情寂寥。他曾在楼梯井等过她，在学生宿舍前面的人行道上等过她。(她猜，他是个研究生或者博士后，研究的东西难得超乎想象——分子生物学、计算神经科学。) 她不经意间对他微笑过，于是他跟到了她家。自此之后，大四的大部分时间里，他都像小狗一样带着渴望的目光跟着她闲逛。关心她的舍友问她你不担心吗？我们难道不该向保卫处告发他吗？她笑了，别傻了。他很快就会放弃的。

仿佛大脑里响过一阵沙沙声，她听见 N. 严肃地说，听着，我爱你。我们得谈谈。

爱你二字听起来带着一种轻微的谴责。他在责备她，就像你会责备一个倔强的、自取毁灭的小孩。

N. 皱了皱眉，说道，你现在对我不够坦诚。如果你在乎我，就像我在乎你一样，我们必须彼此坦诚。

在乎我。在乎你。这些话让她的双耳嗡嗡作响，她的心在疼。

她从没有和人说起过那件事。现在，到了这样一个荒唐可笑的年龄，她不知道该从何说起。

准确地说，童年时代的那个高个子（男）人，从没有威胁过要伤害她。她确信，他从没有伤害过她，也从没有弄伤过她。奇怪的是，她得到的暗示是他曾把某个东西插进了她孩提时的小小的阴道里，那东西很锋利，留下了细小的伤疤。她的母亲，或者她的某个姐姐，本应该会发现她内裤上的血迹的。那样的话，所有的那一切也应该会暴露无遗。

虽然那个人、那个高个子（男）人在她家占据主导地位，但他并不喜欢和自己的同龄人（长者）坐在一起，他坚持要和孩子们一道儿坐在地板上，像印第安人那样坐在圣诞树前面的厚地毯上。这样的一个人，她母亲对他敬重得很、喜欢得很，多少还有点怕他；她父亲则非常崇拜他，尽管 G. 对他很是一般。

这是个谜，因为G. 是她父亲的父亲。

美妙的时光，咱们俩的秘密。咱们俩的。

因此，她从没告诉过任何人。这些年里，她努力去回想当时发生了什么——他到底对她做过什么，和她一起做过什么；他给她展示过什么东西，又是如何向她描述它们的——她发现，她只能记起一星半点了。

借用一个用烂了的词——“恢复的”记忆。

或者是“被压抑的”记忆。

她从没有试图向任何一位男性做解释。高中时有一些男生，她对他们颇为友善，但她也没有向其中的任何一位做过解释。被她迷住的那些男孩们对她各种奉承，而她当时想的却是，他们根本不了解我，如果他们了解了，他们就会觉得我恶心。

她不能这么做。她不能告诉别人。一想到把这一切讲出来可能会产生什么后果，她就畏缩了，而且她还可能变得张嘴忘词、口齿不清。当年她还是个小女孩，人们把她交付给了那位体面的高个子亲戚，从此以后，她就变得盲目无知，就像是得了健忘症，记忆被细密的白茫茫的雾霭罩住了——她可能真地记不清他对她做过什么了，只记得当时的感觉是鬼鬼祟祟的兴奋、焦虑却又扬扬得意。他侥幸逃脱了。在家人的鼻子底下。他的家人！这也是它的魅力之一。

关于那些年的所有记忆都消失了，它太亮了，就像是新星爆炸[①]的照片。你知道在这夺目的光芒之下藏着什么东西，但你却看不见它。你没法辨清那是什么。

他送她礼物。数也数不清。每年，他都领她去看战争纪念剧院上演的《胡桃夹子》，还有《圣诞颂歌》。

那些时候，他也带她的姐姐和哥哥去。他也送给他们礼物。他把食指放在嘴边，笑着说别嫉妒，宝贝儿！不过是为了让他们觉得他们和你是一样的，不过你我都知道的，咱俩关系更好。

他是个聪明人。从没有人怀疑过他——一次也没有。

他让她以为，她就是独一无二的。这就是秘密。

现在，她不愿意承认自己是个受害者。这样的时代，处处是受害者，“幸存者”。她没法将自己认定为其中的一员。她是个多才多艺的妙龄女子，前途不可限量——她的事业，她有一份极好的工作，协助监督艺术项目基金，虽说她的私人生活不怎么样。要是她受了大伤，比如腿瘸了——她也会顽固地予以否认，因为她不希望得到人们的同情和可怜。

她想向 N. 解释，却又没有办法告诉他，那个毁了她生活的

---

① 白矮星吸积伴星的物质产生的激变形爆炸。白矮星从它的伴星那里吸收物质，这些物质含氢丰富，聚集在白矮星表面，被重力压缩，同时温度上升。当温度达到热核聚变的温度时，会迅速开始热核聚变。在爆炸的瞬间，白矮星会很快变亮。

人是谁。她无法与他共同承担这些记忆。

不过，她当然也不确定。她还记得——一些事。一块一块的记忆，就像被风吹散了的云。

那些散开了的流云，快速地掠过天空。你伸长了脖子去看，那些云却被吹走了，看不见了。

奇怪的是，她偶尔的确还记得起 G. 的声音。从众人的声音中，她听一耳就能听出 G. 的声音，他咕噜咕噜的说话声。还有请求声——她还记得那些请求声。（不过不是他的请求声，而是她在请求。）一堆政客的演讲中，她听得出他那激动人心的公众人物常有的嗓音。从公职上退下来之后，他的嗓音也还是那样。

事实上，在过去，G. 在当地享有声望。班克罗夫特，这名字让人肃然起敬。

整个家庭都以这个名字为荣。她也是。不过私下里，她为这个名字感到羞耻，因为这是他的名字，也是她自己的名字。

她不会告诉 N.：一个十岁大的孩子在当时动辄就想自杀。

现如今，杀人不是什么秘密了，也不是什么禁忌。一个孩子能清醒地意识到自己的自杀企图，他也很清楚要想自杀成功该怎么办。这就像一个孩子通常对死亡的了解，对背叛的了解。

她搬到离班克罗夫特街、班克罗夫特广场、班克罗夫特大楼三百六十英里之遥的地方。

是的，她过去沾沾自喜，因为 G. 非常喜欢她。换作你，可能也会沾沾自喜的。

他们一边散步一起唱歌。G. 教她唱“你是我的阳光”、“白色圣诞”、“鸳鸯茶”。G. 对活泼的曲子情有独钟。他们手牵着手。她从没有试图逃跑过，把手从他手里拽出来、跑掉。

她或许能跑着穿过墓地。跑，跑，一直跑，直到她的小心脏爆裂，她摔倒，头磕在风吹日晒过的旧墓碑上，头骨裂开，这样那些糟透了的记忆就会像黑血一样流出来。

他从没有弄伤过她。他把手指伸进她的身体里，胳肢她，就是这些。

胳肢胳肢！我的小乖妞儿。

当年，G. 跟她聊天、开玩笑、调侃她、哄骗她，话一说起来就滔滔不绝。多年之后，事实上，她一点儿也记不起来了。

但她的确记得那些咕噜咕噜声。

当只有他俩在一起时——（他会设法安排他们的独处：可能是去十字公墓悼念他那已逝的老伴儿，她就葬在那儿的一块亮闪闪的鲑鱼色的墓碑下）——他感到没必要说话。

他牵着她的手，这就够了。话显得多余。

置身于这样一处言语尽显多余的地方，他不再谨小慎微，嘴角的唾液越来越多，尊贵的金边眼镜后面的双眼也失去了神采。

N. 说，你现在正在想他。你正在回忆。

她予以否认。因为心存愧疚，她否认时不够理直气壮。

不。你现在正在想他。告诉我他是谁！

N. 耐心全无，他生气了。她没有想到，他们的关系才刚刚开始，N. 居然能这般咄咄逼人，对她有如此强烈的占有欲。

她本想起身，快速地离开，但是 N. 抓住了她的手，让她动弹不得。

告诉我他是谁。发生了什么。

他抓住了她的手。她感到一阵眩晕。

不论是谁——那个王八蛋！告诉我。

她不善于撒谎。厚颜无耻、面不改色心不跳的彻头彻尾的谎，她撒不来。不过，她习惯了另一种形式的撒谎，精明巧妙、模棱两可的谎。这种谎言就是想不起来，完全地遗忘。

不过即便是这样的谎，她也不敢冒险一试，因为 N. 似乎能看透她的内心。

有人伤害过你。在男女事上。要么——是在其他方面，但也和性有关。告诉我。

我的确告诉过你！我跟你说过，没有。

哪儿不对劲儿，什么事情留下了伤口。这是无法治愈的伤口。血流不止。

我没有——血流不止的伤口。别这样对我。

N. 正对着她微笑，不过 N. 是自顾自地笑。

他比她年纪大：不过也不算老，才四十出头，仍然年轻、精力旺盛。这样的一个男人，他的身体似乎并不自由，或者，他的身体总是饱受压抑和控制，装在合身的商务行头里：价格不菲的鞋和西装。

他曾经说过，他是从工薪阶层打拼上来的。

可能只是稍微低一点的阶层。

他的祖父母都是移民，他父亲一辈子靠手吃饭，青春年少时，有那么几年一直梦想成为一名职业拳击手。

他，N.，也曾在家附近的健身房练过拳击。当时他上高中。

他喜欢拳击，喜欢击中的感觉，甚至某种程度上，也喜欢被人击中。不过他家附近有些小伙，黑人小伙，才十五六岁，长得却跟麦克·泰森一样——他们让 N. 很受打击，你或许可以这么说。

因此，他放弃了。或许正是时候，因为之后他受了很重的伤。

他头发茂密，沿着皱巴巴的头皮向后梳，光光溜溜的。现在，她从他身上能够看到拳击手兼猎人这样的双重特征：他的眼睛死死地盯着她。

在那一刻，她被他吓着了。

她把他想象成丈夫、父亲。不过现在，他身上还有别的东西，这东西深邃且更为原初。

她说，我——我不记得……

什么？你不记得什么了？

……过去发生的事，还是……

什么时候？这是什么时候的事，你不记得了？

不是最近。时间也不长。

那么那个畜生是谁？

那个畜生是谁？——没有人……

该死的！告诉我。

哦，他现在已经老了——他不是那个……

她大笑起来。脸像火焰一样明亮，头发似乎也站了起来，就像是正在燃烧的竖直火苗。他一脸胜利地看着她，他赢了。他战胜了她，他铲除了她对他的排斥。在她的一生中，她还从没有讲过这件事——这对她而言是难以置信的，她居然讲了这么多。她的那些秘密立刻就被人夺走了。她捂住了自己灼灼燃烧的脸，擦去双眼的泪水。随后，她发出像碎玻璃一样的清脆的大笑声。

之前，她把自己的手从他手里抽了出来。这会儿，她又抓住了他的手，他那双又大又热的手，紧紧地抓住它们。

她压低声音说，我从没跟人说过。

他说，现在不是了。

他该死。任何一个伤害孩子的人。

但是你答应过我的！

去他妈的我答应过的。现在不算数了。

不过之后，他又说，我答应你不伤害他，但是我得和他谈谈。

她往家里打电话。她已经多年不打电话回家了。

她更喜欢写电邮。尽管这样，她也不经常给父母写信。

她母亲立刻就从她的声音里听出了不对劲儿。母亲问她怎么了，为什么这么晚了还打电话，是不是有急事？——听起来既像是受了惊吓又像是有点懊恼。

母亲的第一反应是怀孕了！

她说，不是！没有急事。

她说，几年前有急事。现在没有了。

母亲说，急事？你在说什么，塞莉？

跟我说说 G. 的情况吧。我很久都没有 G. 的消息了。

G. 是爷爷。或者，他喜欢被人带着点法语腔喊他，耶耶。

他——好着呢。我是说，在他这个年纪，算是好的了。他刚度假回来——我猜是阿马尔菲海岸。他跟朋友一起去的。他的心思还在政事上，虽然只是幕后。你知道班克罗夫特是个什么样的家族！他还来家里吃饭，一周至少两次。有时，弥撒结束后，我们会在高桥旅馆吃顿早午餐。我希望他和你爸爸的关系能更融洽些，但是他对马特——多少有点——不闻不顾。他问起过你……

他问过吗？他问起过我吗？

当然了。爷爷总是问起你。

他问我什么？

他问什么？也就是问问你现在在做什么，你的工作，你订婚没，还是仍然名花无主——一些一般性的问题。

他想知道我是“订婚了”还是“名花无主”？这关他什么事？

爷爷会问起所有的孙儿孙女，因为你们中的很多人都住得很远、七零八散的。

但是问我了，他为什么问起了我？

塞莉，你怎么会问我这个？为什么是现在？

我猜你应该知道为什么。

你是什么意思？我——我不知道为什么……

为什么奶奶死后，他再也不结婚？难道真的就没有足够好的能配上他？那些家财万贯的孀妇们！

你怎么现在提起这些问题？这和你爷爷有什么关系？你听起来很生气，塞莉……

不。我不生气。我为什么要生气？

塞莉，我不知道。你总是这样——坏脾气说来就来——先是这么晚打过来电话，你应该知道的，晚上十一点之后电话铃响通常意味着坏消息，而现在——

她打断了对方，我想我现在就该挂了。

等等，请——

妈妈，很抱歉打扰你了。你是对的，不早了。晚安！

他们谁也不知道。谁也没猜到过。

小心肝，咱俩的秘密以吻封缄，安全得很。

她告诉 N.：这在我的生命里不算个事儿。我从不去想它，真的。

胡说八道。你一直在想它。

N. 抚摸她。他温暖的大手掌拂过她的肚子，不过是恋人间的正常的爱抚，她却立刻僵硬了。

你一直在想它。在我和你谈话之前，你的脸已经告诉我了。

她想反驳：她对事情的反应总是比发生在她身上的事件本身要大得多。

她学会了保守秘密，用这些秘密把自己捂热，就像是捂——一块被加热的石头、或者一个浮雕——一块盾牌——把它藏在自己的衣服里，紧贴在自己的胸前和肚皮上。

她为自己感到自豪。她不再是十五年前的那个天真烂漫、轻信他人的小女孩了。

譬如，她会游泳：几乎游得很凶。冬日里，天还黑着，她却早起去大学游泳池游泳。她还交了年费，因为她当时已经是社会心理学硕士毕业了。

在泛着微光的水里，她的身体融入纯粹的感官体验中，双臂和双腿肌肉的力量帮她浮在水面、推着她向前。终有一天，N.会看见她在大学游泳池里游泳，当时天还早得很，他会带着惊喜而崇拜的目光盯着她看。她的身体光滑灵透、纤细温柔却又强壮有力——这可不是女性受害者的身体。倘若你一直以为你了解我，你就大错特错了。

她对自己的职业生涯也信心满满。事实也的确如此。

（G. 也以她为荣吗？她只能做这样的假设。母亲继续把 G. 的祝福转给她；有时候是卡片，有时候是礼物。为了庆祝她到这家艺术基金会工作，他送给她一大束花，里面有二十四支黄玫瑰。他因此也就知道了她的最新地址。让她的朋友们没想到的是，她居然把它们愉快地扔进了垃圾桶。）

她有她的工作。她的新职位。她喜欢读书——十九世纪的小说，经典的——她最喜欢的是《荒凉山庄》、《米德尔马奇》、《德伯家的苔丝》和《无名的裘德》。睡不着觉的深夜，她会一读再读；要不然，她会看深夜的经典影院频道——加里·格兰特、葛丽亚·嘉逊、斯宾塞·屈塞、凯瑟琳·赫本、亨弗莱·鲍佳、卡里克·盖博、丽塔·海华斯。他们的脸庞，就像远方的亲人的脸，能让她好受些。

她把《红菱艳》看了好几遍。就像是被人施了催眠术一样，她被深深地打动了。

与常人不同，她对《双重赔偿》里的那对残忍的恋人报以同情。每次看这部电影，结尾都让她觉得出其不意——因为要换个结尾太容易了。

她去逛美术展开幕式，还去逛诗歌节开幕式。她买来书让那些诗人签名。这些书被她放在 LOFT 公寓的一个特殊的地方，一个能晒着阳光的窗台上。

那是什么？N. 好奇地问她。

她从那些小书中挑出一本，随意翻到一页，念起那些美不胜收、妙不可言的诗句。

他们的表演美轮美奂！
纵然不知自己将去往何处
他们却唱起了最悦耳的歌。

N. 问她这是什么意思？是一首快乐的诗吗？

她说，我想是的，是快乐的诗。

有关于她的另一件事，另一件奇事，就是塞莉格外钟情于黑色的衣服，这让她在一堆相貌出色的年轻女子中显得与众不同。

* * *

她跟他讲了她想象中的平板车。人被拴在平板车上，一辆卡车拉着他在州际公路上奔跑。

他低声打了个口哨。要把这个人拉到哪儿去呢，是屠宰场吗？

是的。去屠宰场。

你想到那么远了吗？我是说，在梦里。

没有。也就是卡车拉着平板车，他被拴在车上，思考他自己要被拉到哪儿去了。他有大把的时间去思考，要被拉到哪儿去、到了那儿会发生什么事。

但是你从没有想过那么远。

他似乎是在拿话激她，想让她回答，还没有。

他们一起躺在床上。床上铺着彩虹条的阿富汗针织软毛毯。有很多亲热的方法，很多不让她产生性恐惧的方式，他们学习着做补偿。

他们彼此相拥，衣服并没有全脱。就像一个家长抚慰一个烦躁的孩子，N. 抚慰着她。亲了亲她的前额、她炙热的颈窝口，这让她狂笑不止、浑身抽搐。

这不是你的错，塞莉。我希望你能知道这一点。

她是知道的，只是她希望自己真能这样去想。

一个乳臭未干的小孩，一个成年人——想让孩子表示“赞成”，根本没门儿。法律认得清这一点。况且还有道德法则。

她先是微笑，后来变成大笑。G. 曾向她转引过一位德国哲学家的话，那是他顽皮、放纵的一次，当时他假装她不再是个小姑娘，而是个成人，他们彼此平等——“在我之上的星空和居我心中的道德法则”。

她并不知道，当时的 G. 为什么会向她引用伊曼努尔·康德的话。

他刚好是个异常成功的公众人物，厌倦了做富有责任心的公众人物、成年人，因此在那些秘密时刻，他顽皮、放纵，就像一匹脱缰的野马一样，行为举止超乎常人的想象。

他刚刮过的下巴上会轻拍一点古龙香水，闻起来甜甜的。这种香味会让你想笑，或者捂住脸大哭。G. 用来胳肢胳肢的手指和其他手指不一样，他口袋里随时装着个指甲锉，自己亲手把它锉得平滑而干净。

塞莉，你正在想他吗？告诉我。

她咬住了嘴唇。她不会告诉他的。

塞莉，这让我觉得恶心。你想他，却和我在一起，就像现在。该死的，你在想他。

是的。这也让我觉得恶心。她希望自己这么说能够安慰到他。

他叫什么名字？他跟你，什么关系？

他是——他——

她的心在疼。她害怕自己会晕倒。

——他聪明得很。没有人知道，也没人怀疑过。那些年里——六年。他受人信赖。

他伤害过其他女孩吗？你的那些姐姐们？

没有。

没有？你确信？

她努力去想。她大笑起来，这场谈话荒唐至极，都过去这么多年了，还有什么关系。

哦，不。我是说——是的。我确信，他没伤害过姐姐们。

他不喜欢她们。她们比我大，也不如我可爱。

我才是他的小心肝儿！

这件事必须精心谋划。因此，这将是一场巧妙的行刑。

N. 研修过法律。他还干过几年法律。他让她给那个骚扰了她六年之久的亲戚打电话，约他在一个不会引起情感波动的场所见面。

她脱口而出，不行。

除非，她说，那个公墓。

N. 问她，人们会不会去那个公墓，在那儿，会不会有人观察他们。

她说，不会。奶奶就葬在那个公墓的属于班克罗夫特家族的地方，它位于这个公墓的边上，旁边是松树林。

你不会伤害他吧？你只是和他谈谈。

没错。也就是和他谈谈。

最终，她给他打了电话，这一定让 G. 觉得奇怪。自离开家后，她理所当然地躲掉每一次的家庭聚会，这么多年过去了，他们再没见过彼此。

塞西莉亚！是你吗？

他的声音里透出一种惊喜。当然，惊喜之外还有她已经遗忘的旧日的热情。

她行事谨慎，既没向父亲，也没向母亲，打听 G. 现在的电话。她从别处辗转打听到的，这样的话，她打听电话号码这个事实可能就不会立刻显得很突兀。

她听见自己在说，耶耶，我怀念我以前的生活。我现在遇到点难事。我很孤单，耶耶。

耶耶。这是个充满魔力的名字。

发音听起来像法语。重音放在第一个音节上。

她心情明媚，欢快地和电话那头的那个大吃一惊的人说着话。约他见面，这样的话，她就能把她的未婚夫介绍给他了，整个家族还不知道这事。

不知道？为什么啊？

等你见了他，你就知道了。我相信你的直觉。

她知道，这是对他的恭维。这是伸到他潮乎乎的胖嘴里的一柄银质鱼钩，他会上钩的。

十字公墓吧。我们在那儿见。

十字公墓？

是的。求你了。

但是——你们为什么不先来家里呢……

我们可以在奶奶的墓碑前见见面。我们以前老在那儿散步，耶耶，还记得吗？

我当然记得，亲爱的。我怎么会忘呢？

这老头受了恭维，真的已经飘飘然了。这老头度过了他垂暮之年的最漫长的一个小时。电话铃响了，之前很久不给他打电话的小心肝儿给他打来了电话。

亲爱的，我一直在关注你。你母亲把你的消息转给我。我知道你搬家了。我还知道你换了份新工作，这工作听起来很重要，不过我猜可能薪水并不高，所以，要是你缺钱，亲爱的——就告诉我。

耶耶，你真是太好了。等我们见了面再谈。

挂电话之前，她突然说了句，哦，耶耶，我想你了！想死了。

这周两人都出差。N. 去纽约，塞莉去华盛顿。

他们是这样跟朋友讲的。N. 还告诉了他那半大不大的孩子。

他们开着 N. 的越野车去了罗彻斯特市。典型的十月的秋晨，阳光和煦、万里无云。

她一夜无眠。N. 开车的时候，她把手放在仪表盘的供暖通风口处加热。

一辆加速行驶超过他们的敞篷小货车引起了她的注意。货车后面的平板车上堆了一堆看似木材的东西。

这些木材被人用铁链子固定在平板车上。

就好像刚刚突然才想起了这个，她说道，他现在更老了，构不成威胁了。我确信。

(她并不确信。她对这一点显然是不确信。)

听说他身体不行了。我想可能是得了某种癌症——可能是前列腺癌。

(她对这一点更确信。母亲总是时不时地告诉她，她爷爷认为她对他有多重要，这种重要性远非他那几个孙子孙女所能比。)

N. 说，他当然不止祸害了你一个。你不是第一个，也不是最后一个。

N. 说，你不说。是因为你被他吓着了，你才不说。这样一来，你之后他还会祸害其他的女孩。模式就是这样。

N. 并不是在谴责她。他的话小心翼翼，充满了同情。

现在我们正在打破这种模式。让这一切都结束。

她没有听 N. 讲话。她正在想的是，或许不应该向 N. 坦白。因为，现在把秘密公开了。她打开了一件将被人踩到烂泥里的珍贵衣裳。

她大笑、战栗。她太兴奋了！

她顽皮地把冰冷的手指伸到他的双腿间取暖。

N. 把她的手推开了。亲爱的，别让我分心。我正在全力开车。

他在市外的一家高层高档酒店预定了房间，十一层，正好俯瞰州际公路，还能看见远处的罗彻斯特市的锯齿状的天际线。他们注册时用的是假名，先生和夫人。

她对 N. 的爱不再只是她自己的事情了，她既没法从中抽身而出，也无法再冷静地思考自己对他的爱。

她对 N. 的爱已经深至骨髓。这种爱与她对 N. 的畏惧又密不可分。

他们在十字公墓看见了他：他独自一人，个子高高的，仍然很英挺，穿戴讲究，一头茂密的白发。右手拿了一根黑檀木手杖，其实他并不是真的需要，这不过是一个不错的炫耀方式。

他才不过七十二岁或者七十三岁，她说。他并不算老。

祖父给这座坟墓，祖母的坟墓，带来一罐金黄色的菊花。

这在当地人尽皆知——一段美好的长达四十六年的婚姻结束了，G. 是多么的悲痛欲绝、心碎不已。

所幸的是，当时的 G. 还有家人来安慰他。年轻的亲戚们，孙子孙女们。

他们沿着砾石小路朝 G. 走去。时至中午，天空有了积云，这些云是从安大略湖那边吹过来的。最后的访客们正在离开墓地。

G. 看见了他们。他警觉地盯着他们。盯着她。慢慢地认出来了，幸福就像烛光一样照亮了他的脸庞。

嘿，耶耶！

塞西莉亚！

他朝她走去，看得出来他的右腿更得力一些。他本打算牵起她递给他的手，握紧它，打个招呼——但是 N. 挡在了他们中间。

不要碰她！

满头银发的 G. 愣住了。脸上的笑容也消失了。

他的脸上有小小的细纹，胡子刮得很干净。这是个英俊的老头，看起来比实际年龄要小。他的出现让她感到一阵眩晕。

N. 冷静地同 G. 讲话。不过你仍然能够感觉到那一点点向外冒的火。

N. 的愤怒是内在的、秘密的。就像是 N. 的爱，很难和占有欲区分开。

G. 开始同 N. 结结巴巴地讲话。愚蠢的话从这个老头的嘴里冒出来，老头脸上的青筋开始抖动。

她站在比 N. 的位置稍后一点的地方。她看得出来，在这紧急时刻，祖父已经忘了她的存在。

先生，我——我不知道你在说什么。请你小点声。

G. 愤怒了，但他在求饶。她记起她和家人曾频繁地在当地新闻广播中听到 G. 的声音；他们还经常在电视上看见他。他是个政治家——镇委员会的，还当选过美国国会议员，他是支持共和党的——那是他职业生涯的黄金期。

G. 开始往后退，试图躲开 N.。他颤抖得很厉害——这场接待是他始料未及的。

他最爱的孙女和她的未婚夫！——她的没有公开的未婚夫。

介绍给他。

想得到他的祝福。

G. 用颤巍巍的手从口袋里拽出一块手绢，轻抹了一下他的鼻子。

鼻子上满是红色的静脉。帅气不减当年，也仍然富有朝气。不过，破裂的毛细血管损毁了他那张刮得干干净净的脸，深深的皱纹框住了那双警觉的眼睛。

他说，我不知道你在说什么，先生。如果你再不停止，我就要打 911 了。

N. 仍然继续往下说。N. 正在指责 G. 的某些行为——“多次法定强奸”——“性侵犯未成年人。”

G. 愤怒了，那个女孩跟你说了什么！我没做过丢人的事。

他说，那些年不堪回首。那个女孩孤苦伶仃。

他转过身去，脸上一副尊严受到伤害的表情，其中还有恐惧。

他在砾石小径上转过身去，手里紧紧地握着他的手杖。他希望这场对质就此结束，他可以走了；女孩的未婚夫，向他发起进攻的 N.，也准备让他走了。

我要让他拉在裤子里。让他再也不敢了。

这些恶毒的话把她自己也吓了一大跳。她不知道这些话从哪儿冒出来的。

她犹豫不决，却又兴奋异常。她又开始发抖，牙齿开始打架。从祖父的脸上，她看到了愤怒、病态的内疚，还有正义。不！他们不能放他走。

要不是 N. 跳起身拦住他，他可能已经走掉了。N. 抓住了那根精美的亮闪闪的檀木手杖，一脸的快活。

先生！你这是要干——

老头，该死的！你哪儿也不能去。

可笑的是，G. 试图夺回手杖。N. 挥舞着手杖，打在他的身上，他的头上，他的肩膀上。N. 下手又快又狠又准，老头的求饶他一点儿也没听进去。

她捂住了脸。一个小女孩透过指缝偷偷地看。

停车场里，最后一批墓园访客正在开车离去。这预示着他们运气不赖：上帝赐福。

她对 N. 说，够了，就到这儿吧。

N. 一点儿也没注意她在说什么。他压根儿就没听见她在说什么。

尽管她看见恋人 N. 正在击打 G.，她的耶耶；尽管她想大声喊别打了！住手！他真的爱我，但她陷入了一种变态的入迷之中，什么话也没有说，

没过几秒钟的工夫，那个白发苍苍的老人就瘫在地上了。N. 继续敲他、骂他。

白发老人趴在地上了。他努力向前爬,希望能够逃出这一堆墓碑。

N. 在他身旁蹲下，攥紧了拳头使劲儿揍他。你这个龟孙子。恶心的老变态。对一个小姑娘下手——你王八蛋！她闭上了眼睛，不忍再看，那个白发老人受伤严重、狼狈极了。

但是 N. 这么做却也让她觉得开心：这么多年的心结一下子就打开了。

G. 还在求饶，不是求她而是求 N.。在这之前，他这辈子都不曾见过他，而 N. 也将是他在这世上所看见的最后一人。

她本应该阻止的。事情发生之前，她就知道这件事过后她会这么想。

你个臭流氓。你就该死，臭流氓。

那个老人在啜泣。年轻些的男人还在骂他。

又揍了几分钟。你以为这就该结束了，但是一切还在继续。蓄谋精密的打人不可能匆匆收场，也必定是小心翼翼。N. 累了，步伐蹒跚起来。他把那根黑檀木手杖在墓碑上横磕了一下，手杖断成了两截，随后，他满心厌恶地把它们丢在了已经趴在地上的老人的身上。

他们离开了墓地，一刻也不停地踏上了砾石小径。为了不让小径上的其他人注意到他们，他们又环顾了一遍四周，一个人也没有：十字公墓已经空无一人。

他们从停车场出来时，也没遇见任何人。几个小时后，太阳会落到地平线之下，在纽约罗彻斯特一年的这个时候，黄昏会早早地到来。

他们把车开回了旅馆，在那儿，他们是两口子。

高层建筑的十一楼，远眺，能够看见高速公路。高速路上已经有车灯在闪烁，夜色越来越浓。

N. 的呼吸仍然急促而沙哑。她发现，他有点儿气喘，不过并不严重。小时候，她的气喘比这厉害得多。

N. 面无表情地摩挲着自己的指关节，虽然戴了皮手套，还是弄疼了指关节。

我希望你没把他揍得很厉害。我希望……

该死的！我希望我揍他揍得够厉害。

N. 打开小冰箱，往玻璃杯里倒了一小杯苏格兰威士忌给塞莉，又给自己倒了一小杯。他们大笑，把杯子碰得砰砰响。塞莉硬着头皮，举起杯子，把酒吞下去。

他们滚到那张匪夷所思的特大号床上。据 N. 的描述，有一个足球场那么大。

喝啊，笑啊。他们突然变得如此地高兴。

N. 开始吻她，把舌头伸进她的嘴中。因为太兴奋，她没法呼吸。这个男人吻了她的双乳、她的腰。他把她的衣服拽开，她没法阻止他。墓园里的 G. 正因为动脉破裂、血流入大脑而死去。她似乎知道这些。她抚摸着 N. 的阴茎，让它贴近自己的身体、进去。它在她的两腿间轻轻地摩挲，她感到一种强烈的快感，这种亲热甜蜜至极。她几乎受不了了。而他，这个在这紧急的时刻被她忘却了姓名的男人，在她怀中战栗呻吟。她搂紧了他，紧得不能再紧。

几英里之外的墓园里，那个老头再不会醒来了。那漂亮的白头发上沾满了鲜血。头颅像个鸡蛋壳似的被人敲开了，再也修复不了了。

她的腹股沟被胳肢了一下，她开始战栗，这感觉是如此的强烈。她闭上了双眼，看见血流进老人的脑子里。要不是 N. 正在吻她，堵上了她的嘴，她可能会哭出来。

她想，永远不会有人知道。我们的秘密。